白色游泳衣

徐皓峰 著

江苏凤凰文艺出版社
JIANGSU PHOENIX LITERATURE AND ART PUBLISHING

果麦文化　出品

目录

自序：落后的觉醒

我的初中如此幸运。二十世纪八十年代末，每日放学，每个校门口都有架打。对我，这些是屏蔽的。我在画画，周日上美术班，骑车背绿色画夹的身影，被一位街头大哥看见。那年代，所有人能找到所有人，他很快找到我，拿出他画的方块三角，说可以接受任何批评。

我已到画石膏人像“哭孩”的程度，赢得了他的尊重，未建立友谊，他求指点仅一次。但我教过他画画的事，成了我的保护色。

最后一次相见，在大街上碰到，他得意地喊我下车，说搞到一盘香港录像带，资源紧俏，可以给我看，片子叫《英雄本色》，几乎是他的故事。

我是大院子弟，一年多前已看过。让他失望了。

我当年不知道在干吗，窦唯、王菲、皇后乐队、杰克逊……这些同龄人的青春烙印，没烙上我。人到中年后，上网补看他们，是我现在的乐趣。

凯鲁亚克也是后补的。

四十五岁那年，站在西雅图清晨的水边，好多背包旅行者。一个白人青年叼着自卷的烟，小得只能抽两口的样子，向我借火。误以为他要烟，给了他两根。形状饱满的国产烟令他狂喜，为表诚意，扔了自己卷的烟。

他是越过马路向我借火的，他跑向他的同伴，点一根，两人轮着抽，另一根留着。凯鲁亚克当年便这样吧？

第二次世界大战后，清贫的年轻人渴望觉醒。欧洲以存在主义自足，但萨特在北美遭冷，接不上地气。北美青年只好取材东方，凯鲁亚克是个一日读两遍《金刚经》的人，碰上了吃人的棕熊，视为观音菩萨的显现……不管用什么方式，能觉醒即好。

哪怕觉醒是个幻觉。

2020.7.13

白色游泳衣

一

二〇一五年冬季，电影《老炮儿》上映，讲二十世纪六十年代街头打架的人，老了倒霉。公映次日，传说京城有三百万老头步入影院，皆是当年霸王狠主。

李勤劳出影院，步行一小时去西便门外三百米的卤煮火烧店。见店还在，一阵眼酸，四十年没来了。落座后，发觉屋里都是刚看完电影的同辈人。

“里面不全是演员，有位真人，四十年前跟我在地坛公园划过刀子，模样有变，劲儿错不了。”

“哪位？”

“腰里窝两支军刺的。”

“不是张涵予吗！您多久没看电影了？挺出名的演员。”

“……您信我这双眼。这人死了似的多少年不露面，该是背着事，借个演员的名，不生后患。你舍得花钱再看一遍，就能知道，像是像，绝不是张涵予。”

“有这钱，没这闲。这人谁呀？”

“芬兰大勤！”

“大勤呀！还真是他！”另一桌人搭话。

李勤劳垂头摸碗，后悔来了。另一桌人问：“你跟大勤，谁把谁打了？”前一桌人答：“他划我三刀，我攮他一下，他不赢，我不输。”

“吹吧。”

“有什么可吹的？大勤——我还敢打，要换成他上面的彭辉，我一定尿了。彭辉就死这屋里，知道吗？”

“那天我在，干了什么，猜去吧。”

“您谁呀？我也在。”

两桌人迅速合成一桌。

他们是杀死彭辉的人……

彭辉这级别的玩家，就没绰号了，用本名。玩家，是地头流氓，最少称霸一个条街。不走正道，这辈子是来玩的，命短。

李勤劳是个“战犯”，玩家下面的打手。他以一把芬兰匕首扬名，“芬兰大勤”是他绰号。得这把匕首是后来的事，十五岁拆了家里一把老剪刀，半片剪刀上的街头。看《老炮儿》为怀旧，上王麻子剪刀店买了把高碳钢小剪刀，没拆，整个揣怀里看的电影。

我老了，聊天的人也老了。小剪刀张开三十度，刺人脖子，一下等于两刀……

李勤劳一人一桌，临着做卤煮的灶台。现今店主是位五十出头的爹和二十出头的女儿，爹守灶，女儿收银。女儿问爹，店里真死过人？爹说因为这个，这屋成了名胜，四十年来客人不断。

女儿问彭辉是什么人。爹说，你出生那年，京城还有一家游泳馆挂这样的标语——“禁止穿白色游泳衣”，便是因为彭辉。

李勤劳伤感，说对了，一九六七年到一九九五年，二十八年时间。之后，京城游泳馆全部翻新，再不见这标语。一九六七年，一位穿白色游泳衣的姑娘下水，泳衣沾水即透，满池男性一瞬间全看见裸体……彭辉开创在游泳馆亮刀的先例，连划五人，引发骚乱，跌伤踩伤二十人。

之前，玩家不在澡堂子、游泳池动手，趁人裸身，手里没家伙，不仗义。清末延续下来的老澡堂是私产，拼死要灭了伏击暗算者，否则生意没法做。澡堂改为国营后，沿用旧日职员，得新一茬玩家认可，延续旧日清白。

游泳池是新事物，下层管事的对玩家免票。玩家回报，禁止小偷在游泳池储衣间偷东西。小偷去游泳，碰见玩家，为避嫌，出水就走。更不许带刀，泳池清白，遵照澡堂。

彭辉破了规矩后，游泳馆常见六七人穿雨靴、持棍棒沿池边巡逻。白色游泳衣能引发群殴，成泳馆共识，烧制瓷片，镶上标语。

二

江湖传言，彭辉身中四十八刀而死，鱼鳞一般。

四十八刀，为应上“阿弥陀佛四十八大愿”，阿弥陀佛在遥远天宇创立佛国，定下四十八种美好。玩家命短，过的是传奇，活有做派，死有说法。

实则仅一刀，自锁骨插入心脏。刀尖狭长，放弃削砍功能，只为刺而设计的英国费尔班 - 塞克斯匕首方能做到。

费尔班 - 塞克斯匕首是圆柄，像可口可乐瓶子。老太太纳鞋底的锥子也如此，握满手，能攒出力。城外部队大院子弟能搞到仿品和真品，进城打架，让玩家开了眼。

玩家不是侦察兵一击毙命的刀技，主要是划胳膊、扎大腿，对方出血或立不住，便赢了地盘。刺腹是最重的手，腹腔感染危险，还有救。频繁使用刺眼的假动作已被称为黑手，容易划脸留疤，坏人面相，不仁义。

彭辉的致命伤，近乎刀刃全部插入。刀速要快得让他来不及挣扎，偏离一分，便刺不到心脏。大院子弟与玩家一样是中学生，没这本事，凶手是野战军人？

四十年来，梦里起这念，李勤劳都会胃酸醒来。彭辉死前挣到大钱，卖去外省五卡车大衣……先给好处，再下手？

彭辉尸体由李勤劳和彭辉妹妹擦身，妹妹惊讶地发现哥哥有了中年人的啤酒肚。彭辉差三个月未至十九岁，死人胀肚，李勤劳把鼓出的肚子揉回去。给彭辉翻身时，淌出股黑汤。两人没恶心，像原谅尿炕小孩般，都笑了，高度默契地继续清理。

因这妹妹，彭辉成了彭辉，否则会在街道工厂当装卸工。那是他爸的工作，也将是他一辈子的工作。

上新衣时，瞄眼彭辉。南北城的霸主，没了眼神，竟一脸歉意。彭辉是三白眼——眼白多，尤其下方露白，老话里的毛贼贱相。该猫在公共汽车上当小偷，但瞳孔迎着阳光会变成瘀血暗红、大杀四方的凶相。

彭辉十六岁，父亲死在街头。那年批斗资本家，富人不敢留金条，后半夜扔大街。父亲去捡，被巡逻队发现，跑得急，心脏猝死。家里遭劈家具、刨砖，搜出二十余块金条、七八条珍珠项链、四十几只戒指。

能捡这么多，心疼父亲辛苦。

家里攒的三十块钱也被搜走。富人怕招祸的东西捡到穷户，穷户怎么受得起——母亲整日念叨这话。她上公共厕所跌跤，觉得倒霉透顶，次日早晨起不了床，躺半个月过世。

怎么碰上这样弱的父母？街道工厂对过世职工延发三个月工资抚恤，父亲被巡逻队抓获，断了此待遇。母亲是家庭妇女，为补贴家用，给郊区鞋帽厂做缝布头的零工，手停钱没。

为妹妹吃上饭，彭辉上公共汽车偷钱包。上去，才想起可以去火车站扛大包——临时装卸工，去了就有活儿，父亲星期天常去。

京城称小偷为“佛爷”。失窃找不回东西，自我安慰，说成“当给佛爷烧香了”。南北城的佛爷彼此熟悉，各路公共汽车经过分配，绝不越界。外人上车行窃，会被攮刀子。

彭辉一身汗，怎么把这忘了？是他三白眼面相使然，情急第一念要当贼，想不起别的。

准备下车，碰上“佛爷炸锅”——还没到站，有乘客发现被窃，佛爷被憋车上，惊得满车人油星四溅般。是位外地干部失了五百元公款，数额巨大，公共汽车直接开警局。

警察上车后，座位下找到皮筋扎的钱卷，盯上彭辉——整车人只有他是一双贼眼。彭辉带着割皮包的刀片，未到警局，已顺裤面滑在脚下，被两位坐着的乘客看见，举报揭发。

彭辉死不承认，说车上另有佛爷，被关进禁闭室，俗称“小黑屋”。

彭辉五岁进过小黑屋。他上的幼儿园，因为在京城特色的老地段，一年接待十余次外宾参观，总要求做新衣，对父亲是痛苦负担。

幼儿园以广播体操迎接外宾。彭辉是乖孩子，长得高，老师让他买“的确良”白衬衣，站在台上领操。一年多买不来，父亲不管。

今天他有了，母亲缝布头攒的钱。第一次站台上，提前二十分钟就位预演，做“跳跃运动”滑倒，脸和白衬衫全脏。外宾即刻到，老师先让他躲厕所。后考虑外宾可能参观厕所，转到小黑屋。

小黑屋为降伏调皮孩子，无窗户，二米见方，关门后伸手不见五指，传说有鬼和蛇，无一例外被吓哭。彭辉进去就哭了，不是害怕，是觉得对不起母亲，失去见外宾的荣耀，还进了坏孩子待的地方。

五分钟后，感到屋里还有别人，先趴地面喘气，后爬上墙……

彭辉几天说不出话，夜夜噩梦，水里捞出来般流汗。母亲带他上道观，寻过几间殿，见一位守殿老道面善，说这孩子中邪，您给破破吧。老道让朝神像磕头，磕一个头，老道说一句"有求必应"，之后问："孩子，你求什么啦？"

彭辉："您只让我磕头，没让我求什么呀？"

开口说话了！母亲谢恩。

老道说这孩子遇上人间不平，瞳孔里落下恐惧和杀气。恐惧好破，杀气难消，让孩子常来观里扫地吧。每周日彭辉来扫地，母亲在后院水池坐一天，先是洗老道一人衣服，后连老道左右屋也洗了。

两年后，彭辉上小学。学校不让去庙里烧香，老道也不让母亲再来，说染上封建迷信，对你们不好。母亲千针万线做出双布鞋送老道，从此断交。

母亲死前念叨过老道。说自己七岁开始，给爹娘、两个哥哥洗衣服，没得过一句夸，嫁人后，还是洗全家，你爹嘴里也没好，觉得是女人应该的。倒是老道每回都千恩万谢，是这辈子唯一夸过她的人。她死了，向他报一声。

母亲火化，彭辉没去道观，怕这么多年过去，老道不在了，寻不到人，更伤心。

十六岁的彭辉进入小黑屋，有些兴奋，会不会跟幼儿园的一样？过去五分钟，感觉屋里多出个人，趴地面喘气，爬上墙……

毛骨悚然了十分钟，忽然发笑。

长大的好处，是比童年多了自省能力。察觉出怪音是自身发出，半米外的喘气是自己呼吸，爬墙响动是自己衣服摩擦。人，如此不熟悉自己，造出鬼境。

索性睡觉……恍然身在道观，童年见的老道在一座舍利塔前扫地。昨夜大雨，塔脊上一只瓦质神兽被雷劈下。老道认出他，拾起神兽：“拿去玩吧。”

彭辉接过，讨教小黑屋经历。没察觉自身响动前，真切感知室内还有一人，距离多远、爬上哪面墙，非常具体。既然这个人是我造的，这个世界是不是也是我造的？

老道回答：“我也是你造的。”

彭辉醒后，警察放了他，车上佛爷被查出。

回家，找出积累的肥皂片——肥皂越洗越薄，小成纸角，穷户仍不舍得扔。累积多片后，捏合成大块，可再洗衣——

捏出梦里老道给的神兽。

拿到工艺美术用品店问，这个狗一样蹲着的是什么东西，回答：“叫尊，蹲着的‘蹲’字便来自它。一切猛兽的祖宗，谁凶吃谁。”

以我为尊，谁凶吃谁——彭辉自知了命运。

父亲单位还是动善心，让彭辉别上学了，顶替父亲工作，家里不至于吃不上饭。彭辉拒绝，指向妹妹：“她该过更好的生活，吃西餐穿皮鞋。”

单位领导火了，骂他发白日梦。彭辉：“已经知道了，活着，是场梦。您等着，瞧我怎么发这梦。”

两个月后，彭辉独身来警局，请允许他进小黑屋清洗地面，烧炷香。值班警员打电话汇报，上级指示：让做，看他生什么事。

真是打扫卫生。彭辉走后，闻着小黑屋里的香味，值班警员莫名其妙。彭辉已经成为需要慎重对待的人，南北城前所未有的一玩家。

三

彭辉的出现，激励了李勤劳一拨新人。传说彭辉划倒玩家“歇咧虎子”前，从未打过架。

歇咧虎子——壁虎，冲人滋尿，滴眼眼瞎，沾肤肤烂。“歇咧”，满语的“疼”。成名之战，是被十几人堵住，他掏出玻璃瓶，介绍是硫酸，从容走出。开发了新武器，南北城却无人效仿，嫌阴损。

但他立住了，玩家们瞧不起他又怵他。歇咧虎子占了个街口，原是玩家“刺猬”的地盘。刺猬还有个街口，为安顿他不扩张，送来一辆上海凤凰牌自行车，值一百二十元，相当于常人三四个月工资。

歇咧虎子染上自行车发烧友的毛病，爱用一整天时间把车拆碎，清洗上油，再组装上。干这事，占用一户临街的自行车修理铺，他在的一天，修车师傅们不敢上班，空给他。

彭辉寻到修车铺：“我要你腰里的玻璃瓶子。”

歇咧虎子正忙："行，你跟他们仨去胡同，能走回来，再说。"车铺里有他三名打手，京城称战犯。

十五分钟，彭辉一人回来。歇咧虎子："怎么那么久？"彭辉："星期天，胡同里总有人，走得深了点。"

歇咧虎子笑了："打架，还怕人瞧啊。"

彭辉："第一次打，脸皮儿薄。"

歇咧虎子紧脸，压住表情。三名战犯经他调教，都是拿"不仁义"来争胜的坏种，不守只划胳膊大腿的默契，刀往脸上腹里走……

彭辉没匕首，去父亲工厂撬断一截箍货箱边角的铁条，缠块烂布当握柄，锋长不超过二十三厘米，符合玩家比刀标准。没费功夫磨，断茬当作刃。

断茬渗着血。

歇咧虎子掏出玻璃瓶子，介绍是清洁厕所的专业硫酸，能杀得便池如白玉一般。彭辉平静地听完。

不知为何，瓶盖僵死，没拧开。

铁条断茬从歇咧虎子胸口划到腮。不算破相，冬天捂围巾，夏日立衣领，能挡住疤。

事后，南北城玩家分析，歇咧虎子拆装自行车，各种拧，手指早疲，拧瓶盖时痉挛了。

歇咧虎子是个没面子的人，没摆宴请其他玩家，自己先觉得不会有人捧场。买一桌面的结婚喜糖，让手下战犯和佛爷一人抓一把，算是宣布退隐。

能搞到硫酸，因父亲是公厕清洁工，他子承父业，去上班了。那是重体力活儿，招人嫌的脏，所以工资高，一月五十元，初级工程师待遇。他很快成为先进工作者，照片贴上北京烤鸭店前的路口宣传牌，活泼健康的笑。

既然他前途无量，不再阴损，几位玩家就想作践他。

一日得知他在长安影院后街的公厕干活儿，几位玩家赶到，却扑了空。不愧是先进工作者，超人一般的快，已完活儿走人。午后阳光照入坑道，整洁肃穆，如一九五八年译制片《王子复仇记》中的古堡秘道，可通向王后的卧室……

几位玩家被震撼，打消恶念。

李勤劳初成战犯，在府右街公厕迎上歇咧虎子，献上三盒上海软壳中华烟，请教拧不开瓶盖的真相，歇咧虎子说手没痉挛，他拧反了。

李勤劳满意。嗯，这是彭辉。任何人面对彭辉都会出错，不打自招、不战自溃。

歇咧虎子的街口应归彭辉，但玩家“刺猬”先下手，收了街口的佛爷和战犯。理由是物归原主，原是他的。

江湖事，一浪逐一浪，只认新事，不翻旧账。刺猬不对，南北城玩家乐于看彭辉怎么办，挑翻刺猬，才算立住。

刺猬——遇到危险会缩成团。成名作，是被二十人堵住，奔个墙角，手抱后脑、肘护肋、膝护腹地挨打，扛过一劫。

刺猬从不正面约架，只暗算。怕歇咧虎子，是两个阴损人之间的怕。彭辉追求做派，要赢得漂亮，刺猬不怕。

彭辉窝着半截铁条，早起后在本该属于他的街口逛，等刺猬从背后攮刀。精神紧张，饿得快，十一点忍不住进餐馆。看菜价，什么都点不了，问要两碗米饭行么？

店主爽快说行，上了三道荤菜、一道素菜、两瓶北冰洋汽水。店里就他一客人，不会是送错桌。彭辉试探问，怎么没汤？店主解释，汽水凉，汤热，怕您胃不舒服。

吃完，店主拿来账本请签名，对您记账，三个月一结算。地头人物已暗通消息，来了彭辉。

下午四点，刺猬仍不露面。彭辉疲了，走进家大门面的餐馆。未到营业时间，清楚不会拦自己，径直坐进最深的桌位。服务员送上汽水，打亮灯。

二十分钟后，开始进人。一个个战犯凶相，一人一桌，占满厅，只喝汽水不点菜。天暗后，有客进，见这阵势，忙退出。

这叫“耗阵”。人急了都勇，经不起拖。众目睽睽下，冒出一丝怯意，便会泛滥，越久越怂。

耗过两小时，刺猬现身。推进辆凤凰牌自行车，支在彭辉桌位旁，坐下点烟。斜眼瞄彭辉，消了半截烟后开口：“敬你是个人物，车你推走吧，以后别来了。”

彭辉笑了：“我在街上威风一天，结果骑辆车走了，这形象太傻了！我不干。”

刺猬也笑：“给你一说，我也想乐。”弹左侧上衣兜，崭新钞票的脆响，“一百二十元。拿上这个，骑车不傻。”

彭辉泯灭笑容：“你右边口袋是什么？”

刺猬扔了烟，弹右口袋：“三百元。左右口袋，加辆车，换你不再来。可以啦，我够仁义了。”

彭辉掏出划伤歇咧虎子的半截铁条，摆桌上：“什么都不要，劳你办件事，把它打磨开刃，整出个刀样。办漂亮了，我给你钱。”

拿刺猬当手下使唤。

刺猬站起，指向厅内：“别忘了，你一个人。”

彭辉：“我带人来了。”

刺猬急转身，大门空荡。

彭辉："不在那。"指向厅内，"都在这。"

厅内大半是刺猬手下，小半新收的歇咧虎子手下。彭辉站起："你们盯我有时辰了，还看不出人的高下呀？愿意为我磨刀的，站起来。"

修车铺外被彭辉划倒的三人先站起："刺猬，我们该归彭辉的，你不对。"带动歇咧虎子旧日手下全站起。

刺猬手下站起二人，冲刺猬作揖："没见过您人前动刀，都是背后攮人。您今儿要能当大伙面划了彭辉，我哥俩还是您的。"

刺猬腰里窝着柄空军64式匕首，根据一九六四年缴获的美军伞兵救生刀改造，手下战犯跟部队大院子弟打架所获，献刺猬的礼。

看刺猬没有掏出来的意思，一位坐着的战犯亮刀，起身走向彭辉："刺猬这人有好有坏，我更佩服你。但我们这么多人，没一人动手，太难看了。"

众人站成一排，堵住窗外视线，搬桌椅，开出空场。亮刀战犯和彭辉距二米站定，旁边人喊声"来吧"，战犯立刻刺出……如同叉鱼，铁条断茬叉在他肘底，那里筋腱密集，叉住这，胳膊全僵。

彭辉退步："还比吗？"

亮刀战犯："再比，就不要脸了。抱歉刺猬，我归彭辉了。"

刺猬一人离开餐厅，带彭辉的铁条去打磨造型，表示臣服。他交出歇咧虎子的街口和自己的一个街口，满盘皆输。

刺猬办宴，请南北城玩家大吃一顿，宣布退出江湖。暗算干得多，没了手下。怕遭报复，去东北油田当工人，一年后接走父母。油田对外封闭，寻不了仇。传说他五十七岁，带孙子回了趟京，参观毛主席纪念堂、逛中山公园，早晨到下午走，没敢过夜。

刺猬交还彭辉铁条时，曾提议留下当军师："道上事，您还不熟，身边需要个我这样的人。"彭辉："不用熟，我用新法。"刺猬："那些坏种一人一心眼，您得提防。"

彭辉："不用提防，我会让他们变样。"

刺猬改的铁条，彭辉满意。磨刃费了牛劲，柄上缠丝是幼马马鬃，硬里透柔，能攥出最佳手劲。虽然之后收到更佳的刀，但这把刀护身符般一直带在身边。

彭辉死后，有传言，柄上缠丝不单是马鬃。京城外原都是坟地，建筑队挖地基，必刨出棺材。头发不易腐烂，常见白骨留着完整发辫。一缕死人头发混入刀柄，坏运的大秽气。

彭辉还是中了刺猬的暗算。

四

玩家们现身，请彭辉在南北城交接的北京烤鸭店办上位宴，之后带他北行到某胡同居委会。路上为免张扬，三人一簇，隔十余米。

居委会是间二十平方米的平房，兼做订牛奶的奶站。一位玩家带彭辉进去，拜见人称“刘奶奶”的老主任。她已卸任，新主任保留她办公桌，对拼一起，新主任对门，她背门。

刘奶奶梳一九五四年电影《渡江侦察记》中女游击队长的利落短发，已全白。她要彭辉答应，一、不带坏邻居家孩子；二、打架不追进别人家；三、女孩不理你，要走开。

彭辉答应。刘奶奶在笔记本写下“与彭辉小朋友共勉——日行一善”，撕开，结束见面。彭辉拎页纸出居委会，完成加冕，成了玩家。

歇咧虎子和刺猬，品太低，没人带他俩见刘奶奶。解放前夕，刘奶奶是地下党员，传说会伪造证件、窃听电话，百米内开枪不用瞄准，抬手即中。

她家是京城老户，一度垄断全城水果货源。利用家庭关系向解放军提供情报，有愧于蒙骗父母兄弟。革命胜利后放弃在政府就职，发愿后半生以平民身服务民间。

解放军进城，请市民给团以上干部扫盲。她先当识字班教师，后忙妓女改造、宣传戒毒，落在居委会。

两个月前，部队大院子弟进城打击坏分子，携西方各国军用匕首，抡铜扣皮带，殃及普通人家。刘奶奶忍过五天，犯了年轻时的烈性，走出家门，带俩孙子阻止。

俩孙子抡大棒，轰开打人者。她举着识字班合影照片，高喊：“我教过军长师长，有没有你们爹在？”

解放军进城即整顿治安，京城十余年没了玩家，孩子从小在街上见不到打架。突然爆发的遍地伤人，令城里孩子发蒙，觉得是天灾，没想过能还手。

刘奶奶的行为，让城里孩子全醒，动手保护父母和邻居，京城又有了玩家，两个月满城开花。饮水思源，奉刘奶奶为开山祖师。

知道两个月前的事，刻骨铭心，父亲出门捡宝，死在街头。不知道这代玩家是凭空生出，无传承无老辈，如美国建国，都是新编。街面上那么多的规矩、人物、往事，竟是两个月速成。

大院子弟仍不时进城，见漂亮女生，追上拍后肩，求认识，称为“拍婆子”。玩家瞧不上，觉得没品。

京城历经妇女大解放、大联合运动，突破家庭约束，打通上下阶层。女人们自成体系，彼此相知，全能联系上。碰到陌生女子，不必街上起急。回家问邻居大姐，讲清楚相貌举止，半个月内准能找到。

不搭讪，不尾随，叫有品。

彭辉疑问，大院子弟住城外，没人情便利，不拍后肩，没别的办法。玩家们一致表态，没办法，找办法，一掌拍出去，丢了男人一辈子尊严。

大院子弟从小享受鸡蛋牛奶，冬日有堆满阳台的苹果，普遍高个、皮肤亮。军官一直是平民女子婚配的上选，母亲漂亮，下一代便改了五官。被拍后肩的城里女生，扭头见骑昂贵飞鸽牌自行车的大院子弟，支地的长腿、将帅之才的脸，便原谅了他们的粗鲁。

玩家长相不入女生眼。在北京烤鸭店里的上位宴，彭辉感慨“法国人”真多呀，三十二分之一或十六分之一的混血儿，好几位隐约是一九五六年译制片《勇士的奇遇》中杰拉·菲利普的脸，当时欧洲第一美男。

白人在电影上帅。生活里见到高鼻深眼，即便是杰拉·菲利普，女生也觉得是无法亲近的难看。此观念要到遥远未来的八十年代，下一茬女生长起才改变。

清朝末年，京城即有沦落底层的白人，男的行骗、女的卖身，统称“法国人”。欧洲列强中，法国最早在京城建医院、饭店、汽车行，老百姓顺口这么叫。

在座的“法国人”，童年营养不良而腿短，小学被笑为“杂种”，中学因汗毛重而羞于上澡堂。刘奶奶开启“还手”之风，最早响应的是这批压抑的孩子。城里崇武后，他们敢撸袖子、敞衣襟了，臂毛胸毛重不再可耻，显得威风。

玩家的天命，是对抗大院子弟——为阐明此点，玩家们带彭辉出城参观军事博物馆。彭辉去过，小学四年级学校组织的爱国教育。

军博与苏联莫斯科大学主楼、波兰科学宫同一建筑风格，走廊宽得可跑马，三楼截出一段走廊做休息厅，不挡路地摆五排长椅，卖像是咖啡的麦乳精、像是西式蛋糕的豌豆糕，亦给自带水壶的游客灌热水。

售货台背景为四米高二十米宽的移动木墙，墙面红底白字，放大的毛主席草书“西风烈，长空雁叫霜晨月……”玩家们问彭辉想不想看毛主席真迹，一伙人凑上售货台，堵住服务员视线，两个玩家带彭辉溜到木板墙背后。

一个平面玻璃柜，展着“中国人民革命军事博物馆”十一个大字，墨水淋漓，渗透纸面。注明是一九五九年所写，翻模制作馆门金字时，对渗墨和间距做了修整。柜侧两把锁，小如樱桃，感觉一把即可揪下。

两玩家开玩笑，你要敢拿走挂家里，你就是京城第一玩家。见彭辉真在考虑，两玩家将他拽出木墙。

上四楼，近乎落地的大窗视野开阔，可望见燕山山脉。玩家们指示，军博往西依次是空军、海军、通信、总后、总参、炮兵、装甲、工程、铁道、北京军区的司令部，直至燕山脚下。司令部办公区与家属生活区合并，高墙围拢，名为大院。

下楼抽烟了，楼侧楼后是层层火炮，多得无法一一立牌介绍。玩家们说，“二战”时，日本海军统帅山本五十六明知打不过美军仍开打。如他所料，除一次成功的偷袭外，他打输了所有正式海战，个人也死于美军偷袭，一点便宜没占。

玩家与大院子弟之争，看过军博即知道，赢的一定是大院子弟。玩家们慨叹，我们都是山本五十六。胜负早知，但除了开打，也做不了别的。

为这次玩家聚义，彭辉事先练会抽烟，看着玩家们一张张忧愁的杰拉·菲利普的脸，他非常想看《勇士的奇遇》。影片公映那年，彭辉七岁。都说片子欢乐至极，家里不给票钱，只好在影院外馋馋海报。

问谁有办法让他看看。沉浸在悲剧情绪中的玩家们，对他突然提出要看一部陈年喜剧，都没好脸，表示无能为力。影院早下片，只有部队大院里才有可能，但咱们进不去。

回城后，各玩家还是将彭辉要看片的消息传给手下，大把撒网，看谁有关系。后来，普通市民也知道了，一位心狠手辣的大玩家要看部喜剧片，苦求不得，从此性情大变，变得更加心狠手辣。

五

彭辉住的大杂院原是重梁高瓦的气派宅子，十一间房，院中有厕所、花圃、地窖，主人家五口人。解放后分配进五户，都是彭辉父亲一般的底层劳动者，一家分两间，主人家留一间、保留原来厨房。

院中安上公共水龙头，厕所花圃被拆，各家搭建小厨房，支塑料棚，家里杂物都摊在院里，迅速呈现衰败之相。

彭家分配的是用人房和洗澡间，洗澡间拆去浴缸、水管，留下地面和四壁瓷片。小时候的彭辉和妹妹爱极了这些瓷片。

整条胡同原都是好宅。深处一院是清末二品官旧居，京城名宅之一，分配给一位军方首长。加建警卫班房和车库，增高围墙，远望不露屋脊。胡同里老人评说，墙压顶，不吉。

成了玩家后，出门要避邻居。黄昏倒垃圾，彭辉最晚出来。垃圾车前还剩个人，四十岁脸，二十岁瘦条身材，头发梳得根根清晰，等彭辉近了，低语："想看《勇士的奇遇》？明天下午一点，电报大楼前等，别迟到。不准点，就没这事了。”

他倒了垃圾，行向胡同深处。

胡同里从未见过，墙压顶宅子出来的？

次日下午一点，彭辉等来辆吉普车，至燕山一块集训营地。营地有做报告的小礼堂，支着银幕。下午三点半，二百名受训警卫入场，彭辉看了电影。

法国女人有失检点，每一位都敞胸露怀。法国国王没品至极，碰上女人求他办事，便直言要肉体交换。挨了耳光后，国王原地不动，任由女人跑开——这还有点玩家风范——之后国王喊手下去抓，再次没品……

礼堂内笑声雷鸣。彭辉想到妹妹，她要在，该多高兴。回京路上，中年人解释，法国电影虽然品位低下，但能破除高密度训练造成的精神压力。如果保卫首长的是一群疯子，首长岂不是很危险？两害取其轻，法国的低俗可以容忍。

彭辉生了心事，没搭话。在电报大楼前给放下车，中年人嘱咐：“明天下午一点，你还等在这。我也许来，也许不来。”

次日，中年人来了。车兜一圈，不出所料，开进墙压顶的宅子。宅中大厅候着位女生，与彭辉同龄，询问他看片观感。

中年人安排上汽水后，即退出。

彭辉：“那是我要对玩家们说的话，事关机密，没法告诉你。”

女生：“我先讲我的，如果你觉得价值相当，再跟我交换。”向东一指，“关于海那边。”

彭辉：“台湾？”

“不，美国。”

女生递给他一本不印书名的灰皮书，非出版物，小范围阅读的敌情资料。内里是凯鲁亚克《在路上》全译，后附最新作品《荒凉天使》节选。她介绍，大批美国青年正仿效书里人物，祸乱美国。

《在路上》为美国找出路，试了吸毒、滥交、流浪、假装黑人、假装墨西哥人等多种活法。结尾说美国完了，那些都不是出路，出路可能是中国禅宗。美国青年爱其丰富多彩，乐于接受“美国完了”，对他给的出路不太认真。

《荒凉天使》开章，凯鲁亚克宣称自己在荒凉峰上开悟，与一千四百年前禅宗祖师达摩的开悟一致，他下山了，去改变朋友和遇上的一切人……

“打倒美帝国主义”是时代号召，女生想出了办法，寄生活费让凯鲁亚克活下去，作用超过洲际导弹。《在路上》已搞垮美国青年，如按《荒凉天使》路数，美国发展为禅宗国家，更方便我们战胜它。

与她的雄才大略相比，“打败大院子弟”的目标显得渺小。不好再藏私，彭辉讲出《勇士的奇遇》对他的战略启发。

没品的国王是插曲，故事主线为：招兵处派人在民间假扮看手相的，给出“你能当上校，你能得封地”的预言，诱人当兵。一个浪荡子听到“公主会爱上你”，毅然参军。后发现是骗局，但坚持“公主爱我”，最终立下战功，娶了国王义女。看相假话，一一成真。

浪荡子的反面是山本五十六。山本年轻时考察美国军事，形成“打不过”的想法。他成为海军统帅，必带领日本走向灭亡。不是他想对了，而是他这么想了，这是一个想什么是什么的世界。

参观军博的玩家们，也在设想日后的失败。唯一的挽救之道，是带他们多看几遍《勇士的奇遇》。

女生被逗笑，模仿片中法语用词：“亲爱的彭辉，是你想再看一遍吧？”随即严肃，“这是一个想什么是什么的世界——我不同意你这种说法，你怎么敢否认客观规律和因果关系。”

彭辉：“客观规律是大脑总结的，你能记下的东西如此之少，你怎么能相信大脑？”

女生冷笑："因果关系呢？"

彭辉："你洗完一件衣服，又洗另一件，两件衣服有什么因果关系？并不是这件让另一件诞生，也不是这件让另一件脏的。"

女生提高音量："请你来，是想象你是个有趣的人，不是要听低级的诡辩。我一时想不出驳倒你的话，但你肯定不对！"

彭辉："你请我来，是想见到一个跟你不同的人。见面后却因为跟你不同，发了火——又是一件没有因果关系的事。"

女生淡去怒容："你拿什么证明，这是一个想什么是什么的世界。"

彭辉："拿你证明。请仔细回想，发生在你身上的事，是否你事先都曾想过？"

女生瞪他一眼，闭上，很快睁开："太可怕了……我没法一件件回想，但肯定有意外、偶然、外来事件，世界是客观存在的！"

"意外、偶然、外来——都是你想出来伤害自己用的。客观存在——为什么你要发明出一个你控制不了的东西？训练出一匹能把你摔死的马？"

女生闪过一道不易察觉的凶光，随即伸手，热情四射："如我所想，你真的有趣。我叫阮辛基，很高兴认识你。"她的一握，男人般有力。

她父亲唯一的出国经历，是访问芬兰首都赫尔辛基。回来后给俩孩子改名，赫尔成了她哥哥的名、辛基成了她的名。

中年人咳了声进厅，表示已超预定时间，可结束谈话。阮辛基送到厅门，止步在门槛内，临别又问：“我听说，一个心狠手辣的玩家四处求人看一部喜剧片，苦求不得——把我逗乐，才有了这次见面。这个因果关系，你不能否认吧？”

彭辉：“听说，引发不了一件事，是一切造成了一切。硬要说起因，各国历史、微生物、物理化学、凯鲁亚克都是你我见面的起因。”

阮辛基愣住，缓过神后，又闪过道凶光：“我不会安排那么多人去看电影，玩家改不了必败心理，便打不过大院子弟——这很客观。你说过的话，不能不承认吧？”

“我的话不管用，在你的世界里，任你怎么想。”

彭辉被吉普车送到电报大楼，之后走回胡同。

三个月内，阮辛基听到彭辉带领众玩家在紫竹院公园、灯市口大街跟大院子弟打了两场五十人以上的群架，玩家大胜，缴获飞鸽牌自行车、铜扣皮带、美军匕首、日军军刀、苏军刺刀……

阮辛基扪心自问，虽然一直想的是玩家被大院子弟狠狠教训，但总觉得彭辉打赢会更有趣。现实真是随我所想？

她第二次接见彭辉。

之后，彭辉失踪八天。找疯了南北城玩家。

六

二次相见，阮辛基说：“为打倒美帝国主义，我要扣你六十三天。”凯鲁亚克在荒凉峰待了六十三天。三个月内，她组织翻译，拿到《荒凉天使》全部译文，要彭辉逐字研究。

彭辉说他有自己的荒凉峰，是某警局的小黑屋。所有的开悟都一样。凯鲁亚克向读者保证自己所悟和达摩祖师所悟一致，他也可向她保证，他的所悟和凯鲁亚克一致，不必重复凯鲁亚克的历程。

她：“不行。”

清朝官员的旧宅建有二楼，当年习俗，女眷要住楼。彭辉腰里的刀被搜走，挂上脚镣，入住二楼，开窗可望见座深灰色教堂，如凯鲁亚克在荒凉峰上望见的霍佐敏山。

译文写道：“霍佐敏山，它红褐色的峰顶真有力。我把新鲜的雪带回家，拿着桶又出去，像个日本老妇人。我为壁炉拾木柴，这一刻，全世界都是我的下午。”

一日三餐由警卫送，宅里中年人会在晚饭时现身，说：“哎呀，是这些菜啊。”含笑关门。

第七日下午，中年人终于进屋。询问彭辉读书心得，打开笔记本，画下乐谱似的速记字符。“荒凉峰上，常有位朋友现身跟凯鲁亚克聊天，但这位朋友人在纽约，荒凉峰上的是什么人？”彭辉问。

中年人答得很快：“什么人也没有，大脑幻觉，我们管这个叫白日梦，大漠、孤岛上的战士也常发生。”

彭辉：“凯鲁亚克知道是幻觉，但他认为，幻觉里的朋友和在纽约的朋友没有区别，我们在世上认识的人，原本都是我们想出来的。”

中年人停笔，显得具有经验：“他得去301医院，很快能好。”

彭辉：“凯鲁亚克的说法，很容易证明。你在梦里遇见的一切人、一切事，不都是你想出来的吗？”

中年人：“可那是梦呀。”

彭辉：“你怎么知道现在不是梦？人在梦里都觉得真实。”

中年人恍了神，收笔出屋。五分钟后，进来位军医和六名警卫，加戴手铐，携彭辉去301医院检查。

晚饭时，中年人现身陪吃，笑言：“守海岛的战士四个月才受不了，关你七天就崩了——我觉得不可能，玩刀的人会这么弱吗？既然没有精神问题，以后都是哲学问题。以后请叫我二常。”

阮辛基父母在南方调研，带走机要、日常两套秘书班底，他作为第二日常秘书留守。“二常”是阮辛基对他的称呼，他有名字，从无法接受到习以为常，用了一天。

二常：“我在世上遇到的一切人一切事，都是我想出来的——这一哲学观点，我无条件接受。之后是什么？”

彭辉：“凯鲁亚克说，活在当下。”

二常：“珍惜活着的每一分钟！既然一切都是我创造的，那么就没什么可怨的——凯鲁亚克逻辑清晰！虽然我没经过哲学思考，但这就是我的人生态度呀。”

彭辉：“错！既然你遇上的一切人一切事都是你造的，再玩下去，就没劲了。你没见过的人、没想过的事，才是当下。”

二常：“明白，寻找不同！这就是美国青年背包流浪的原因，上路即是当下。”

彭辉：“错！上路的新鲜感，令你觉得一切都不一样，最终会发现，路上出现的新人新事，还是你想出来的，你仍在自作自受的游戏里。写出《在路上》以后，凯鲁亚克认识到寻找的欺骗性，才会一个人待在荒凉峰。”

二常：“什么是当下？”

彭辉："我上班。我打人。我种地——主谓宾构成了人类历史，如果把谓语、宾语去掉，没了行为与目标，还剩下什么？"

二常："我……"

彭辉："'我'就是当下。只有'我'存在，而不是拿'我'去发生什么。'我'只有一个，凯鲁亚克宣称自己的开悟和达摩祖师的开悟一致。他的'我'和达摩祖师的'我'是同一个，每一个人的'我'都是这一个。"

二常："我跟你怎么可能一样？我受过什么苦，你知道吗？"

彭辉："当然不知道，'我'跟事无关。你必须是某件事吗？你舍不得你受的苦吗？"

二常"哎呀"一声，似心绞痛，快步出屋。

次日中饭，二常来陪吃，笑言："跟上了你的思路！我有过只剩下'我'的时候。"他父亲过世，悲到极点，突然一切似跟他没了关系，孤零零、轻松自在的感觉，舒服极了。可惜想到亲戚们都在，得哭了，顿时打回原样。

彭辉："不会只有这一次，'我'时常浮现。"

二常说出他的苦，他是俄语翻译出身，从小活在哈尔滨的俄罗斯移民区，染上追求浪漫的致命伤。二十二岁来京城工作，和一位有夫之妇偷情被抓，早早断了前途。三十二岁迎来转机，正值中苏论战，翻译人手紧张，临时调他译一篇俄文社论。得阮辛基父亲赏识，问这种人才为何闲置。

得知原因后，阮父笑言："没有性欲，哪来的才华？"调他进自己的秘书班。终于有女人愿嫁他，机要秘书代表阮父参加婚礼，揭秘阮父对他的评价，引得新娘红脸，来宾爆笑。他笑出泪，觉得三十二年人生是场游戏，在场的人那么的不真实……

在俄国小说里看过这种描写，他以为是文学情调，不知道是"我"，错过了。如果"我"再出现，该怎么办。

彭辉："凯鲁亚克说，停在'我'的存在感上，就行了。"

二常："之后，会得到什么？"

彭辉："你一直都得到你想要的，从没亏过，别再要了。"

二常："怎么可能？我没得过浪漫！"

彭辉问浪漫的定义，二常："很难描述。可以为之付出一切，毁灭自身也值得的事。"

彭辉："你得到了呀。被处分、被闲置，你满足了自己定下的标准。"

二常甩筷子站起，要骂人的架势，开口却是："嘿……再给分析分析。"

彭辉："没有性欲，哪来的才华——机要秘书当着新娘说这话，你什么反应？”

二常显出怒容：“机要秘书水平太低，说话不分场合……他冒犯我，但我反觉得舒心。”

彭辉：“因为这句话是你想的、你写的台词。停在‘我’的存在感上，会发现一切都是你编的戏。你永远要什么有什么、想什么成什么，你是彻底满足的。既然得到如此轻易，不如试试不要。”

二常坐下，愣了半晌：“差点被你蒙了，我活得如此痛苦，人绝不会想要痛苦。哈哈，你说的不成立！生活是人与人相互影响、相互对抗造成的，这世上有他人，我们是在与他人的角斗中，创造了历史和性格。”

彭辉：“错！你想要痛苦。人在夜里那么喜欢做噩梦，说明受苦受难是人的嗜好。没有他人，你梦里的他人都是你。”

二常再次沉默，许久后说：“嗯，不要了。停在‘我’上，然后呢？”

“这还不行？这就够了。”

“什么也不做……凯鲁亚克怎么说？”

“本是他的话。”

二常掏出笔记本，展开速记，叹息：“这种人生观太灰暗，但让美国青年什么也不做，倒是有利于我们的青年。小伙子，你提供了一份有价值的情报，可以离开了。”

出宅时，阮辛基没露面，送给彭辉一把芬兰匕首，送彭辉妹妹一套香港产女性内衣。彭辉在电报大楼前下车，被1路公共汽车上的佛爷发现，没走到家，即有玩家赶来相聚，听了八天里出的事。

紫竹院公园、灯市口大街的两场群架，玩家遵守“打人不打脸”的默契，让大院子弟好鼻好眼地回去。但有一玩家的武器是将半片砖头裹在书包里抡着打，砖头飞出，砸裂一位大院子弟眉骨，破了相。

彭辉是群架主将，这笔账算在彭辉头上。破相孩子家有一把美式手枪，朝鲜战场带回，他哥哥拿着进城，要崩了彭辉。

玩家们抢的美军匕首、日军军刀、苏军刺刀，都是大院子弟的父辈纪念品，从家里偷出来耍的。传闻一位父亲大怒，要亲自抢回来。

八天后，大院子弟动武升级被遏制，定下调子：小孩打架不准用枪，小孩打架大人不管，小孩打架可以多打一会儿。

她扣他，是先得了大院情报，与凯鲁亚克无关？

七

学校已停课。妹妹比彭辉小两岁，停课之前的半年，语文课废了课文，改讲报纸社论，停课后学生仍聚在学校，忙于写大字报，批判学校和社会的一切。

大字报是实名制。几位学生领袖根据不同内容，定下不同的存在时长，时间够了才被新的大字报覆盖。除了教室四壁，学校围墙都被贴满，后发明拉绳子，晾衣般挂上。

大字报内容要抄录存档，是圣洁任务，分配给二十个女生。父亲捡金条而死的卑鄙行为，还没传到学校，妹妹有幸在其中。她爱这任务，抄得手指结茧。

二十个女生中，有位以前接触不上的别班女生，显得比同龄人聪明一截，分外冷静的一双眼。以前做课间操时，彭妹便总看她，暗自感慨，多么出众的一个人呀，哥哥结婚，该娶她。

想象后面几十年和她相处，两人不会有任何矛盾，她做任何事，我都帮忙……抄录大字报，先站着速记，后去会议室誊上稿纸，彭妹总坐在她附近。她终于注意到彭妹，停下笔，发出温和的一笑，说上了话。

彭妹每日早早去学校，纯是为见她。哥哥失踪八天后归家，带回套香港产内衣。乳罩显胸大，不好意思用，穿了三角内裤，令人惬意的米黄色，花边美极。誊抄间歇，两人结伴小解，见厕所空着，彭妹抑制不住地分享给她看。

她冷静的眼显出令人心碎的羡慕。彭妹抑制不住地说："我叫我哥也给你搞一件。"

次日，彭妹去学校，看到揭发自己的大字报，沉迷资产阶级趣味、拉拢腐蚀同学。她写的。

彭妹受到全校批判，站在课间操领操平台上，面对四百人。几个女生解她腰带，要剥出内裤……回到家，彭妹钻进被窝，没吃晚饭。第二天起不来床，呈现出母亲临死前的种种症状。

吓坏彭辉，掀被子，发现妹妹握着一封手汗沁湿的"家长信"。

家长信是小学时代的东西。老师写下孩子劣迹，不装信封，折成纸条，让孩子自己拿回家。不准藏书包，要一路握手里，让放学同学们都看到。小孩觉得奇耻大辱，家长亦然，接到家长信，先一顿打。

信的一端折成三角形，像个蛇头。中学没这东西，学生领袖们写的。

彭妹在领操平台上没给剥下外裤，米黄内裤露了一点色儿，就给合上了。没按计划实施泼脏水、皮带抽腿、扒内裤的程序。虽然彭妹不说家事，仍有个别学生知道，汇报她哥是打赢大院子弟的顶级玩家。学生领袖们达成一致，“不与恶狗争食”，果断结束批斗。

家长信是学生领袖们最后的面子，写得义正词严。

听说学生领袖们在校门口挨了打，揭发彭妹的女生便不再去学校，有邻居大妈陪着，才出去上公共厕所。她是苦出身，一屋一厨的家，爹妈晚上睡房里，她在厨房搭床睡。

谨慎三天，以为事过去。半夜厨房门口炸双响炮仗，俗称二踢脚，惊起一院住户。

有大爷开院门骂街，胡同里没人，关门又有炮仗落下。估计是站屋顶上扔的，看不清人。家门口放二踢脚，是京城老词，说你家缺德，得遭报应。

早晨，她妈扫炮仗纸屑。院里大妈问，你家丫头惹了谁吧？惹了谁，跟谁谈，别祸害一院人。

女生咬牙，回屋睡个好觉。下午两点起身出门，站到胡同口大槐树底下。很快骑来辆自行车，战犯凶相，问："知道有人找你吧？"她点头，坐车后，给带走了。

她接受惩罚，身子给了彭辉。之后，彭辉问："你小时候有没有觉得这个身体不是你的？当男当女，是件给打熟了的事？"

被打得失去反抗意志，称为"打熟了"，玩家便是这么收服佛爷和战犯的。当男当女，没法逆反，只得服从。她一惊，点头说有。

彭辉："掷骰子般，这辈子我得个男人身。小时候起夜解手，总觉得在另一个地方还有个我，是个女孩。没能醒过来，尿床了。"

她似乎在笑，缩回身子："我也给你讲一个。小时候洗澡，搓下泥，觉得泥里有无数个太阳地球。搓下来、水冲走，并不能毁了它们，我们这个世界伤不了泥里的世界，它们永恒存在。"

印证了妹妹所言，她比别人聪明出一截。

她还说五岁的一天，扮乖睡午觉，根本睡不着。忽然人飞起，身体在床上，走的是灵魂，许久才落回。

彭辉拍垫子，慨叹，我也有。

两人聊通了刚发生的事，人可以忽男忽女，也可忽善忽恶。她犯了恶，他以玩家的方式报复，亦犯了恶。或许两人前生是一对常聊天的好友，这辈子以恶为缘，又聊在一起。

虽是玩家，彭辉却没碰过圈子，她是他首位女人。圈子，生在人穷志短的家，从小挨骂无温暖，到了青春就投身男人。今儿跟一位，明儿跟一位，后儿吃回头草，在男人里走圈。正经女生不叫圈子，叫姑娘。

战犯多，玩家少，在玩家间流转的圈子，南北城也就十余人。彭辉：“我是臭流氓，你别当圈子。”她答应了，彭辉示意她可以走。

这里是间少年活动中心的器材存放室，垒着乒乓球案和小型鞍马，她拾走个乒乓球，出门后，拒绝战犯骑车送。

她故意让自己迷路，在胡同里拐了又拐。眼前一亮，迎上大片水光。她在水边坐很久，生出爱意，乒乓球脱手，看着漂远。爱上了这片水。

她可能是个新圈子，南北城好几位玩家试探彭辉口风。彭辉回话：“谁沾她，谁是颐和园门口的车站牌。”颐和园距京三十里，清皇室园林，解放后开放为人民公园。

什么意思呀？几位玩家相约一块去颐和园门口看看。乘32路公共汽车，下车见站牌油漆剥落，“32”剩下“2”字……

搞清了彭辉心思，放过她。

清朝一千枚铜钱叫一吊，半吊子五百枚。半吊子已是骂人话——不够分量，穷晃荡，半吊子一半是二百五十枚，更不堪。

2，是“二百五”的简称。

彭辉妹妹吃过舒肝气的中药，起来床，再没去学校。

玩家的气派，是一水缸金鱼、三笼鸟、两盘鸽子。鸟是八哥、鹦鹉、百灵，二十四只鸽子才能盘旋出队形，称为“一盘”，两盘四十八只。

一水缸金鱼最少二十条，高贵娇气，要善待，叫姑娘。八哥、鹦鹉、百灵都脾气大，叫大爷。鸽子，谐音哥们。玩家得有二十姑娘、三大爷、四十八哥们，平民没人敢养。大院子弟进城灭坏分子，也灭了平民家的花鸟鱼虫，斥为封建官僚趣味。玩家置办，摆明了挑衅。

彭辉之前无心搞这些，为妹妹在家有事，办了这气派。妹妹一人管七十余位小性命，忙得脸上红润。好多日子后问彭辉，没把揭发她的女生整太惨吧？彭辉不知怎么回话，笑了下，妹妹不再问。

没想到就这么混过去了。第二天早起洗脸，彭辉冲镜子笑，又阴又丑，吓了一跳。

揭发彭妹的女生，常去离开彭辉后遇上的那片水。一位家住水边的小伙子搭讪她，她去他家看了眼，便住下。

跟彭辉家一样，小伙子家也是穷户分配进富户宅。进的人家多，轮到他家，一院不够分出两间房，他爹妈在一院，他住另一院。夜里能避开人父母，她就胡来了。

小伙子叫李勤劳，刚混成战犯，跟着玩家大白。“大白”不是刷墙的粉，大白姓白。不用比喻形容的诨号，直接用本名本姓，在玩家里地位高。彭辉发话不让玩家沾的女生，被自己手下占了，大白不安，去探彭辉口风。

彭辉说已了解，女方主动，你手下没过错。既然担了她，就担下去吧。送他把刀，什么时候亏待女方，什么时候攮自己一刀。

是阮辛基给的芬兰匕首。

芬兰匕首不是军方制品，芬兰军队允许士兵私带小刀。芬兰大兵在战场上追求生活情趣，把把个性，刀柄刀鞘镶满红铜、石英等廉价饰物。李勤劳爱死了这把刀，自此有了诨号——芬兰大勤。

从大白手下转给彭辉当战犯，是一年后的事。跟了八天，彭辉死了。再一年，京城的玩家、战犯、佛爷、圈子尽数被捕。李勤劳先在宁夏十三师军垦农庄劳改，态度不好；转去新疆工程兵二师军垦地，还态度不好，加了刑期。

担下的女生一直住他家，他父母工资养着。

她没再沾男人。每日在水边，老人般支根鱼竿，看不出对钓鱼有兴趣，鱼咬钩，从不收线。邻居大妈说她是千古难得的烈女，蹉跎青春等男人归来。

十年过去，一九七八年恢复高考，有来京考美术院校的外地学生来水边游玩，发现了她。要画她，她给画。邀她水边散步，她也陪。劝她别当道德的牺牲品，要追求个人价值。

她回话，她男人坐牢是她造成的。当初她只为住在水边，才找的他，住下即嫌弃他，祈祷他出事回不来。果然天遂人愿，他坐了牢。

“高考停办十一年，攒下的人多，难考上，您要想在京城捞份恋爱当纪念，请您别在我这忙，我对人没兴趣，爱的是这片水。”

吓跑一众美术青年。

那年考上的有朝戈、马路、陈丹青……

八

阮辛基第三次接见彭辉，说：“我看不懂。”

是《荒凉天使》的一段译文：你是观看者也是被观物，你是流氓也是受辱的女人，你是食客也是食物，你是侵略者也是抵抗者……你散碎自己，造了这世界。请帮助一切人，他们都是你。

彭辉解释：“梦里出现许多挨饿的人，只是因为你饿了。梦里的人都是你——你能明白这个，也该承认世上的人也都是你。”

阮辛基：“没法承认。全世界那么多受苦的人，怎么会是我想出来的？我现在想让他们好，他们好得了吗？”

彭辉：“世上的苦，本是你造的，你不会让他们好。”

“笑话！拯救全世界受苦的人——我愿意为这话献出生命。”

“你喜欢香港服装，你看不上二常，你觉得倒垃圾的活儿跟你没关系。你定下价值和区别，世界便会配合你。你认为服装有高档，造成全世界有低贱，受苦人因此源源不绝。”

“美帝国主义也是因为我挑衣服，才产生的？”

“的确如此。没有别的原因。”

“荒谬！你是个没有历史常识的人……回到凯鲁亚克，你是流氓也是受辱的女人——这话怎么解释？”

“含在我上面的解释里。”

“听说你要流氓，糟蹋了你妹妹的女同学——解释下这事。”

彭辉变脸：“你怎么知道的？”

阮辛基：“按你说的，世界是我造的，我怎么会不知道？别废话，说。”

彭辉交代，那女生严重伤害了他妹妹，他要报仇——但这是假象。男人有欲望，梦里便会遇上动人的姑娘。这位女生是他想出来的，她的恶劣行为也是他想出来的。伤害妹妹的正是他，他是一切的设计者。

他没碰过女人，有恐慌，以报仇的方式，理直气壮地获得了首次男女结合。完成了，他才醒，惭愧又一次上了自己的当。

阮辛基：“很荒谬，也很真诚。感谢你能对我说这些话，让我了解你内心的丑陋。”伸手，有力地和彭辉握一下，“有个疑问，希望你理解成是朋友间的探讨。你没碰过女生，在这个过程中，有没有尴尬和难题？”

彭辉："人在梦里，没有不会的事。梦见自己是工程师，你就会设计图纸，样样熟。这世界也是个梦啊，我第一次打架，就打服三位老手。你只需要确定愿望，然后世界会配合你。"

她的脸刹那间瘦下，红了耳廓。

二常咳一声进厅，报告原定谈话时间已过，该送彭辉去电报大楼。阮辛基说留下吃午饭，她带彭辉去藏书室，饭好了，到那儿叫。

四壁书架，高近天花板。她先拿出家里最贵的书，宋朝印刷，九百年历史，纸张薄脆得不敢翻页。二等贵的是画册，登梯子取下，是俄文版《法国美术史》，重得单手拎不住。

隔一两页字面，是一张全页彩图，用特殊纸张，另行配色印刷，俄国工人手工贴上。法国美术如法国电影般有失检点，更加过分，名画多为女子裸体。

她："这才叫女人，希望你提高认识，谦虚做人。"撇下彭辉，在室内游走，时而望望窗外，忽然无声回转，凑到画前。

彭辉手停的画，是个男人，已死，胳膊撇在浴缸外，地上落把刀。

她闪过道凶光："这有什么好看的？"

彭辉："有刀。"

二常敲门，来喊吃饭。她勃然大怒：“刚过来，饭就好啦？平时可没这么快。”二常解释，做的是西餐，白人是粗线条思维，切切拌拌就得。

“不想吃。彭辉喜欢这画，你给翻译下。”

是法国新古典主义代表作《马拉之死》，一七九三年法国大革命领袖之一的马拉，被反动派刺杀在浴缸里。

阮辛基：“彭辉喜欢画上的刀，有没有讲刀的话？”

二常翻译，杀死马拉的是一把普通厨具刀，一百六十年后的巴黎街头还能买到。她大喜：“你联系法国使馆，给彭辉买一把。”

二常：“我不确定啊，可能咱们有。”

白人虽然菜品贫乏，但工具精良，厨师班做中国菜肴亦喜欢用西餐厨具，不久前进了两箱法国厨刀，大大小小一百多把。

她：“去查。”

二常狠看一眼画，刀型深印脑中，十分钟跑回，生了儿子般高兴。

跟画上一模一样，漂白牛腿骨做的刀柄。法国叫剔骨刀，顶端尖利，可一刀深入粘连骨头的筋腱，回拉即割断。

她：“刀鞘呢？”

二常解释，没有单独刀鞘，跟七八柄刀共用一个插口木墩。她：“这怎么行？让勤务班赶紧配一个。”问彭辉，街头打架什么刀鞘合用？彭辉回答，不要铜铁不要珠宝装饰，最好是狗皮，掖在哪儿都方便。

她：“去办。没有狗皮，就杀条狗。”

午饭后，刀鞘配好，是块陈年老皮，手感柔韧。没杀警卫班警犬，拆了一条库存的俄国产狗皮褥子，取材于高加索牧羊犬。彭辉将刀依次掖在腰带、肋下、袖口、裤管，证明刀鞘轻滑好使，阮辛基表扬了二常。

送彭辉去电报大楼，阮辛基一步跟上吉普车。二常无比紧张，说首长吩咐，你不能出门。她表态，到电报大楼就回，她不下车。“我一直在车里，请问，车在这院子里和在电报大楼，对我有区别吗？”

看出她铁了心要送彭辉，二常屈服：“真是呀，没区别！”

到电报大楼，彭辉开门下车。她野兽般蹿起，被二常紧紧揪住后衣领和袖口，苦苦相劝：“说话算话、一诺千金是你从小的优良品质。”

她不再较劲，问：“只要我不出门，干什么都可以？”

“什么都可以，我安排。”

“我要跟彭辉睡觉呢？”

二常咬牙，终于说出：“可以安排。”

“二常，你人格低下！我会把你的话告诉我爸。”阮辛基掸开二常的手，威风地下了车，拉彭辉混入人群。

近乎虚脱的三分钟后，二常转过脑子。情况紧急，来不及回胡同宅子打电话。他冲入电报大楼，避开公众营业厅，直上六楼办公区。亮出工作证后，被安排进单间，打了三个直线电话。

阮辛基要看彭辉祸害女生的场地。彭辉表示那里是他最后的秘密，日后受到追杀，便是他避难所。目前仅一名手下知道，不好扩大。她：“嘿，你有难，躲我家不就行了，还用得着那儿？”坚持去看。

彭辉拒绝。她怒了：“狗屁‘最后的秘密’！被你祸害的女生就知道那儿，她一说，别人专在那儿堵你。狗屁‘避难所’，那儿是你死地！带我看一眼，往后你别再去。”

去了少年活动中心的器材存放室。大院子弟进城打坏分子后，少年活动中心像许多官办单位一样关闭。器材管理干事的孩子惹了位玩家，被彭辉摆平。干事报恩，选出通风有窗的一间给彭辉用。

看不出住人痕迹，没添置桌椅床铺，敞口箱子里的乒乓球落尘落得呈灰色。

阮辛基皱眉：“你在这儿能干吗？”彭辉说闲待着。

除了扫过地面，只清理出一尊鞍马，彭辉坐上面想事。她叹息：“你怎么待得住？改变自身环境，是人的本能，你是一个人格欠缺的人。”

此时下午四点，彭辉指向窗户。为免屋外有人窥视存放物品，窗玻璃涂上一层浅黄油漆，迎上光，美得不似人间。

彭辉：“有这个，屋里就什么也不缺了。”

她似被触动，不说了。彭辉讲，再过四十分钟，夕阳下来会更美。这种“更美”将持续十三分钟，要不要等着看看？

她答应了。鞍马朝向窗户，彭辉撑她上去，自己靠鞍马侧面坐在地上。一会儿后她说：“还要等那么久，说点什么吧。”

彭辉想想，说《马拉之死》画错了。左边是心脏，致命伤口却在右边。画上的马拉，还维持看信姿势，来不及反应的猝死样，中刀至毙命的过程最多两秒。

如果姿态真实，一定是伤口画反了位置。

“不会吧？你说的位置是这儿吗？”

彭辉站起，她像《勇士的奇遇》里的法国女人般敞开胸……她要求给她找个能躺下的地方。彭辉：“别在今天吧？”

她目光坚定:“就在今天。”

墙边有垒得半人高的垫子，小孩练习翻滚和仰卧起坐之用，宽窄如单人床。彭辉拽下最上一条，抖去土尘。她跑来帮忙，问彭辉和妹妹女同学是不是就这样。见彭辉红脸，她哈哈大笑。

躺下稍挪动，垫子深层的土尘腾出，脏如炉灰。看到身上变色，她猛地跳起，连骂“猪狗不如”，跑开穿衣。彭辉追上，问出了何事，她抡巴掌自抽一记耳光，左眼现出血丝。彭辉不问了。她停了骂，恶狠狠地穿衣。

夕阳上了玻璃，最美的时刻，她的脸肿起。一声巨响，存放室门上插销崩飞，闯入穿蓝色棉大衣的一队成年男子，个个持木棒，迅速将彭辉打趴下。随后冲进六名女兵，架走阮辛基，手法老练，动弹不得。

彭辉晕过去前，听见走廊传来阮辛基怒吼:“二常!我杀了你!”

九

紫竹院公园、灯市口大街两场群殴后，郊区多个工厂保卫科扩大编制，成立工人纠察队，每日进城巡逻，遏制玩家和大院子弟的武力冲突，偏向打压玩家。

纠察队是经过民兵训练的成年人，高度配合地使用棍棒，简直是古战场阵法。玩家是中学生，差着体格，望见纠察队骑车方阵，二百米外即四散奔逃。

二常办事细致，劫持阮辛基回家，没用警卫班。依阮辛基脾气，日后必无法相处，调公安女警，无后患，方便肢体接触。彭辉是玩家，工人纠察队出面合适。军人进城捉，引市民猜疑。

彭辉被移交警局，以“极大恶意流氓企图”名义拘留。狱友告诉彭辉，从没听过这词，怕是要判二十年，搞不好枪毙。

夜里来了六名军人，押彭辉去301医院治伤。特护病房待了四日，第五日回警局办理销案手续，彭辉在路上停车给狱友买了烟茶水果。他的事迹，鼓励了所有犯人，觉得政策变了，自己也有希望。

送他的吉普车没停在电报大楼，直接开进墙压顶宅子。彭辉感慨：“二常掰腕子没掰过她呀。”二常精神抖擞地站在院内，扶彭辉下车，告知铁条刀、狗皮刀提前从警局领出。彭辉接过，窝在腰里，原谅了他。

阮辛基之外，客厅还坐着位女孩。乍一眼以为是个在玩家里转的圈子，后一眼不是。那圈子祖辈是清末沦落京城底层的“法国人”，三十二分之一混血，跟她相像。

阮辛基陷在沙发里，待二常退出，介绍那女孩来历。杀死马拉的是女刺客，名叫科黛。科黛上断头台，她妹妹逃到缅甸。十八世纪末法国在缅甸建军港、银行，十九世纪末英国入侵缅甸，挤走法国势力。留下来的法国人沦落底层，男的行骗女的卖身。在座女孩是三十二分之一混血，有据可查的科黛妹妹后代。

女孩父亲是缅甸古老华侨，不会汉语。一年前回归祖国，父女二人在华侨补习学校一块学说话。几天前华侨学校停办，查出多名间谍，她父亲亦受隔离审查。家遭查封，她流落街头。仗着异族面孔，混入民族饭店餐厅，见客人刚走，赶上去吃两口剩饭。

饭店洗手间可洗脸，没地方洗衣服，她夜里睡西单商场门洞，衣服脏得快，马上便再也混不进饭店。

她很快会成为个圈子，已被西单街口的玩家盯上。二常从天而降，天使般将她带走，因为查到她的血统。

她叫妙妙穗，缅甸名字。

阮辛基："有了刀，再加上她，等于半张《马拉之死》，你跟法国美术史搭上了关系。还不谢谢我？"

彭辉脸色难看，道声谢。她结束谈话，喊二常送客。

妙妙穗汉语能力有限，对安排她跟彭辉走，表示难以理解。国内扑克牌厂均停产，二常询问，你在缅甸玩过扑克牌吧，就像发牌一样，把你发给了这位男生。妙妙穗听懂，跟彭辉走了。

吉普车没停在电报大楼。一路向西，经过军事博物馆，开进某部队大院。高大的白杨树，巍峨的苏联式楼群，玩家不可能进的地方。

阮辛基的哥哥参军，在此大院的营级家属楼分配有房。一单元四间房，两间是里外间，两间是对门。入住两个营级军官家庭，一家分两间，共享厕所、厨房、阳台。

独据一单元，全楼仅阮辛基哥哥一例。他从未住过，而家具摆设齐全。二常嘱咐，此大院的子弟最不凶，参与紫竹院、灯市口群架的人最少，可能好多人没跟彭辉照过面。

各大院子弟进城打架，父辈正师级以上的孩子主谋，父辈副师级的孩子辅佐，大批父辈团级的孩子冲锋实施，级别分明。此院，团以上军官住北边，营级楼在院南，中间隔着篮球比赛馆、果树林、医院、一片明清时代坟地。

营级军官三十岁左右，打架的大院子弟是中学生，不在一个年龄段，他们不往南来，你俩也别不往北去。大院北边俩门，南边一门，你俩走南门。

办了出入证，彭辉用真名。华侨身属外籍，不能进军事机关，妙妙穗写成黑龙江省柯尔克孜族，混血长相的少数民族。院内的五所食堂都不要去，已安排每日有人送餐。

彭辉问这么安排是为什么。

当着妙妙穗，二常未答，要彭辉送行。楼道里没说话，出楼门一声叹："你是臭流氓，妙妙穗祖先是反动派，你俩合适。阮姑娘上了心，看你喜欢《马拉之死》，找人配你，非要跟这画有关，派我去法国找，幸好咱们这儿就有……"

彭辉听不见后面的话，蒙蒙地送到吉普车前。二常叮嘱："快点跟妙妙穗生个小孩吧，阮姑娘就不闹腾了。不要有负担，部队有幼儿园小学初中，我安排，十五岁前都不用你花钱。"

惊醒彭辉："生小孩……没结婚证，违法。"

二常轻蔑一笑："可以补办。"绝尘而去。

回到楼上，彭辉问："你知道把咱俩安排在这，是要做什么吧？"

妙妙穗眼光亮起，毅然决然："我睡过门洞、抢过剩饭，无所畏惧，我没有什么可失去的！"

彭辉："胡同里的姐姐，看上的就是你这股倔劲。派我教你刀法。"掏出腰里两把刀，递她一把。见是杀死马拉的同款，又换回来，让她用铁条改制的刀。

换回来，有些难过。教了她一招，嘱咐好好练，以后他一周来教一次，开门离去。她送到楼梯口，满怀疑虑地问："真的是教刀吗？我听的是发牌。我练刀干吗呀？"

"拯救天下受苦的人。"

打消了她的疑虑。

回到家，金鱼死去大半，鸽子飞丢一盘。三大爷——八哥、鹦鹉、百灵互相刺激，带坏彼此，叫声嘶哑怪异。这三种鸟天性要模仿周围声音，不能合养。

提笼架鸟是富贵事。一九二五年一块大洋可买十二斤面粉，鸟笼里一根站鸟的木条，上品要二十三块大洋。玩家都是苦出身，几辈人养不起鸟，听过三种鸟的大名，手里有钱，就弄在一块。

彭辉显得沮丧。慌了妹妹，说城里肯定还有一两个会养鸟的剥削阶级老头没死，她一定找来把三大爷调好。

彭辉："你没干坏什么，坏事的是我，我想象有个'我'，想出一个身体，想出爹妈妹妹，想出一个个灾难降在你们头上，现在又想出了一个女人……我的心该有多坏，才会这么想？"

妹妹给出笑脸："哥，你恋爱啦？"

彭辉也笑了。

"谁呀？"

"没有人。光有爱。"

十

一位大院子弟带他拍到的城里婆子游北海公园，遇上玩家。男的被脑后拍砖，倒地晕厥。女的被剥光上衣，捆树干。

此事算在彭辉头上，认定是背后主谋，大院子弟放话报复。彭辉把妹妹转移到父亲生前工厂的女工宿舍，自己还在家。受威胁，不离家，是玩家风范。黄昏倒垃圾，会望一望墙压顶宅子。

将妙妙穗发给他后，阮辛基和二常便不再出现。已经四个月，似世上从没有过他俩。梦里的人，醒后便不再出现。现实也是梦，许多人一闪而过，永不再现。

《荒凉天使》言：“你是一切的起因，除此之外，万事没有起因。”该算在我头上，北海公园事件是我造成的。想过阮辛基和自己会是这样的结局，现实便表演出来。

对抗大院子弟是玩家的宿命。彭辉作为玩家的代表，私交敌方，将遭玩家联手惩治。

北海公园办事的，是玩家大白和三名战犯，被彭辉放话召来。玩家办事避邻居，没让进家，在胡同口见的面。

其中一人是李勤劳，第一次见彭辉，穿上新衣，一件四兜军装。无领章肩章的军装大批流入民间，在市民阶层是好衣服。两个兜为士兵，四个兜是军官。战犯为拔份儿，只穿四兜。

得知芬兰匕首是给了他，彭辉瞪眼："那天你干了什么？"

大白急解释，李勤劳最好心。原要把女的劫到假山里污了，李勤劳拦着，说欺男、霸女两件事不能一块做。才改为裸胸绑树，精神侮辱。

彭辉脸色缓和了些，批评大白，你这么办事，咱们就真成臭流氓了。大白说那女的一副傍上了天之骄子、前程远大的神气，令他忍无可忍。搞惨她，城里姑娘们能收敛点。

大白总是神情不安，担心没照顾好什么人、没办妥什么事的老好人样，劝彭辉："您别囚家里了，打架不追进人家——是玩家规矩，大院子弟没这个。"递上个信封，装一百元，说让您顶事，不好意思。

彭辉没接，要大白凑成五百，赔给那位遭殃的姑娘，在她家门口磕仨头。大白为难，说磕头容易，钱凑不出，得等半年一年。

彭辉："你有。"淡淡的不耐烦。

大院子弟进城批斗坏分子，一度挨门抄家。城里孩子反抗，从此有了玩家。大白抡两把菜刀堵胡同口，不让进人，一举成名。成名后，得知抄家的好处，跑到天津假扮大院子弟，抄了几个富户，骑回一平板车东西。许久才去贵重金属收购行卖一件，不惹关注。

大白笑了："不愧是彭辉，这都知道。好，我赔那姑娘。"

彭辉："事没完。你给我送一千，南北城每一位玩家送一千。你让紫竹院、灯市口两场架白打了，大院子弟从此瞧不起我们，你得赔大家。"

大白没了老好人样，淡淡的不耐烦："你要洗我家底？"

彭辉："不交钱，你的街口给他。"指向李勤劳。

大白瞟去一眼。李勤劳表态，他今天第一次见彭辉，绝无串通。掏刀向彭辉，说您别离间，您今儿要灭大白，我就敢往您身上攮刀。

另两位战犯也亮了刀。大白又一副为别人操碎心的好人样："明白您的意思，不想让我混了。可今天您单身，要让我们几个打了，毁了威名，混不下去的是你。你放我一马，我也放你一马。"

趁说话，大白出刀。三战犯熟知他手段，三把刀跟上……

每人身上被划一刀。大白最重，刺在膝盖。坐地上，讨饶说交钱，请让他保留街口。

晚上，院门外有人喊彭辉接长途电话。一听就是假的，不是居委会管公用电话的师傅。出门，一人自报是大白父亲。递上个学生书包，说拿到贵重金属收购行，可换四千块，孝敬彭辉一人。至于送玩家们一人一千，大白没得过那么大利，承担不起，求给免了。

说得满脸泪，骂自己没本事，让孩子从小受苦，大白有点钱不容易。彭辉：“您老别哭了，看着假。”大白父亲停泪，摸上院门的砖楞子：“您不给面儿，我只好磕死在这儿。每次回家，您必想起我！”

不伤眼鼻，轻松磕出满脸血，是底层生存技巧。不等他做戏，彭辉一脚踹趴下他：“请玩家们去莫斯科餐厅吃顿饭，点最贵的鱼籽酱。”

免了一人送一千。大白父亲一骨碌爬起，行清朝打千礼，跪下半条腿。

懒得理他，彭辉进院。书包里的东西，如几十个剩肥皂片攥成的新肥皂，天津抄的银杯子、银盒子、银链子、银镜框……为方便带回来，砸成一大团，残存的花纹，显着原物的精美。

骂大白毁东西，否则挑一件送妹妹，她该多高兴。

李勤劳被划了手背，最轻的伤，去医院缝十二针。回想彭辉刀速，是晕酒的感觉。不见刀影，手已溅血，如此不真实。

回到家，告诉同居女生，彭辉有心帮他占大白的街口。那样就有钱带你过好日子了，你是彭辉经过的人，间接给好处，不忘旧情。

女生回话：“你这么说，有意思吗？”

没刺激到她，他的嫉妒也是装的。同居日久，看出她不喜欢他，他也发现自己不喜欢她。两人做了爱，各自满足地睡去。

十一

等着大院子弟上门，过去半个月。手下汇报，大院子弟又开始频繁进城，逛商场、拍婆子，一切照旧，看不出有报复迹象。

打听北海公园遭祸的女生，她的大院男友再没找过她。事发当天，他在最近医院就诊，二级脑震荡。后转去部队医院，他的母亲严厉拒绝她上车同去，她从此找不着他。

她脸漂亮，否则惹不来大院子弟拍婆子。北海公园里丢人现眼，令她严重贬值，再也见不到仰慕眼光，邻居男孩都嫌弃她。大白找来，按彭辉的话，在她家门口磕三个头，交上五百元。她爹收了，让她出门露面儿，表示感谢。

她不愿出去，挨了她爹一耳光："你还算人吗？人家在院里跪着呢。"她出去，扶大白起来，被摸了把胸，如在北海公园里一般。

她忍了。喊叫，会再挨记耳光。她爹信大白，不信她。

碍于彭辉，大白没敢对她起心。别的玩家瞄上她，堵胡同口要带她游泳划船。很快她会变成个圈子，接二连三地睡人……听说，彭辉经过的女生，不许别的玩家碰。

彭辉囚在家，没等来大院子弟上门打架，等来了她。经了她，彭辉确定，绝不会有上门报复的事，妹妹可以回家。

次日，彭辉到她家，吓坏她爹，进屋甩桌上五十元："你再打她，我就打你。"骑车带她穿了几条街，玩家们得到汇报，不再烦她。

一个月后，她黄昏找上门，问能不能再睡一晚。彭辉说妹妹回家住了，不方便。她眼里转泪，酝酿哭一场。彭辉冷了口气："上次，我是帮忙，事过就完。没人烦你了，你也别烦我。"

她打住泪，鞠一躬，走了。彭辉关门，心里一阵躁，上街追到她，问出了什么事。

见她一个月晚上没出去过，她父亲起疑。说跟了玩家的女孩，手里都趁钱，一堆一堆地给自己买东西。她辩解，彭辉把钱给了你，是你不分给我花。她爹："那是彭辉孝敬我的！"质问她是不是不争气，让彭辉给甩了。

她否认，挨了一耳光。他爹："彭辉要为这一耳光，上门打我，我才信你。"她跑出家，恢复神志后，发现进了北海公园，隔着水，能望见绑她的那棵树。

她想跳水死。脑里响起一声音，叫她回忆从小到大发生的事，有一件好事，就不许死。她想一件否一件，直到天光弱下，想起在彭辉家的一晚，就寻来了。

但彭辉拦门不让进屋，两句话露出戾气。她没了好事，北海公园的一湖冷水，好过她认识的一切人，将是她的归宿……

彭辉带她回家，家里两间房，她原本可住下。第二天，过了午饭，她还不走，问能不能再待一晚。彭辉交给她五十元，说你爹见你给自己买东西，你就能在家待住了。她说日后参加工作，会还你钱。

临出门，她说为不让她爹起疑，得隔三岔五来住一晚。彭辉没露戾气，她安了心。

骑车送她回家，彭辉不进门，在院里挂上只鸟笼子，喊话：“我家的鸟放您这儿了！要给养死了，我活着没劲，您也别活了！”

她爹不敢露面，明白借鸟说她。

笼里是百灵，被八哥、鹦鹉带坏了口，只会模仿老头咳痰声，恶心死了。她家祖上是王府里养鸟的包衣奴才，她爹起早贪黑地调教，终于救回。改口学麻雀、喜鹊、燕子、母鸡、猫、狗、鹰、蝈蝈等十三种叫，凑齐“百灵十三套”。

会了十三套，能卖八十元高价。彭辉不懂鸟，拿来的笼子是黄布罩。她爹配上百灵专用的蓝布罩，清晨遛鸟，分外长脸，宣称是彭辉孝敬他的。

第一次投奔彭辉，她先吃下避孕药，大院男友留的。除此之外，她没得着什么，她爹对此无怨言，说放长线钓大鱼。

大院子弟穿高档皮鞋，骑昂贵自行车，手里没钱。因为父辈要培养他们艰苦朴素，不给现金。他们逛商场，会佛爷般偷东西。

避孕药对女性有伤害，来月经般难受。男用避孕套是供给物资，各单位每月发给已婚女子。按苏联人标准发，造成浪费，每家抽屉里都剩好多。彭辉变了脸：“你男友搞不到？”她劝，别生气，他有他的难处。

男友的姑父是城里某单位领导，半年前受批判，去外省改造，姑母陪同。留下一套四居室和一个堂弟，他称那是他根据地。她被他在街上拍婆子拍到，带到根据地看香港画报、喝红酒，第二次去给摸了全身，第四次去吃下避孕药。

他母亲不让她上转院的救护车，断了联系。她去根据地找过两次。第一次待三小时，威胁他堂弟，不告诉人在哪儿，她就赖着不走。到天黑，堂弟眼神不正，她先吓走。她还是忍不住，三天后又去，堂弟掀了她裙子，她蹿出门，再没去。

她的胸比同龄女孩挺拔，大白剥她上衣，是有邪心。给男友招祸啦，原本是她骄傲，现在也不值钱了。公园里给上百人瞧过，自己都觉得它恶心。

彭辉劝，不不，别这么想，它是南北城最美的胸。逗笑她，您说话这神气，好像南北城姑娘的胸您都看过。彭辉正色回答，南北城？我还说少了呢，我看过《法国美术史》，一千五百年来，法国顶尖的女人都比不上你。

她真乐了："口碑里，彭辉不是耍贫嘴的人呀！您在街上拍婆子，一定能拍上我。"

"拍婆子"三字又令她难过，那是大院子弟特有的词汇。彭辉劝，美国有一哥们叫凯鲁亚克，写的小说跟诗似的，给你背一段：我在做爱、在祈祷、在杀人、在奔跑……是我，也是虚空。

她蒙了，问什么意思。

彭辉："发生在你身上的一切，其实并没有发生。"

她："啊，这不是自欺欺人吗？我可以不去想那些烂事，但它们发生了呀。"

彭辉请她指压眼皮，视线重影，现出两个彭辉。问她：

“第二个彭辉也是出生、发育、经事而成的一个人吗？”

“没有第二个彭辉，没有出生，它是花眼啦。”

“你也从未出生，花眼般并不存在。”

她认真思考，说：“没懂。懂了你好心。”

——这是她一个月后，投水自尽前回想起的“此生唯一的好”，于是第二次投奔彭辉。

十二

不知不觉，妙妙穗在部队大院住了五个月，汉语突飞猛进。单元房配有收音机，彭辉认为是整日听广播造成的。

他一周来教她一次刀，怕她寂寞。

她穿着裙子，阮辛基送来的香港货。这是五个月来，彭辉所能接触到的阮辛基仅有的信息。她的背比阮辛基厚，胯比阮辛基宽，四处能撑开。阮辛基穿，一定没她好。

第一次认真看她。一直觉得她孤单可怜，现在发现，两种特质她都没有。她脸上的轻松快乐如此自然，总出去玩、好友无数的人才会有。

很快，她被套出话。

她忍了十天，确实孤苦，随后违反承诺，下楼玩了，到达营级区与团以上干部区的中间地带。

她先逛医院，看护士打针。后继续北上，来到果园，闻着枝叶气息，周身酥软。北方的诱惑犹如烈酒，她豹子般奔出果林……毛骨悚然，冲入一片明清坟场。

坟场中央整出足球场大的空地，未铺新土，碎石碎草，踢不了球，不知要干吗。周边坟头密集，立着不少小石柱，印章造型般，顶端雕狮子、骆驼等动物。

太可爱了。她跑近，见每只石雕都被人手摸得发暗光滑。人不会这么喜欢摸坟头上的东西，除非是坟里的鬼……后颈发凉，跑了。

晚饭过后，楼道充满人声，各层住户都出了门。入住第三日，也发生此情况，她没敢开门看。这次开门了，见每人拿着马扎板凳。

营级干部带老婆孩子，浩浩荡荡走向坟场。空地立起银幕，正面坐营级干部，反面坐警卫连战士。每周三看电影，是大院固定生活，放的是十年前拍摄的军事教学片《地道战》。不知放过多少遍，演员刚张口，即有人喊出台词。

对于妙妙穗是第一次，看到游击队在迷宫般的地道穿梭，从灶台、马槽、井口钻出，游戏感极强地偷袭日本兵，像小时候看的美国动画《米老鼠和唐老鸭》。她忘乎所以地笑，三十二分之一的混血体质发出的声量，军号般嘹亮……

她被两名警卫带出场，查出入证，她没带。押去值班室，值班干部问楼室号，她答出。干部打个电话，面色凝重，放了她。

回去看电影，一名警卫送来两瓶酸奶、四个橘子，她分给邻座小孩，家长死死抱住小孩，不让拿。再没人抢演员台词，电影结束，统一鼓掌。

次日，继续北上的冲动难以抑制。穿过坟场，是篮球比赛馆，锁着大门。再往前是团以上干部家属区，住着进城打架的大院子弟。在彭辉口中，她将在那里失踪、被杀害……

她去了，一片寂静，许久才有位男生下楼。她问，你进城打过架吗？男生说打过。她掉头便跑，梨花乱颤。男生追上她，两人聊上天，她把他带回家。

篮球馆内也放电影，供团以上干部看的外国纪录片。大院子弟会从窗户潜入，躲在角落偷看，大人和警卫装作不知。他带她去看，她结识了一位比他有趣的大院子弟，带回家……

彭辉："你带回过多少人？"她掰指回忆，很快用上另一只手，被彭辉打断。

唉，她成了圈子。有理由违抗阮辛基，不生小孩了。彭辉高兴，问一会儿送午餐，可否要瓶酒？

她说没问题，出门打电话。营级楼每个楼门公用一部电话，哪户职务高便安在哪层，她入住后，电话调到她门口。

一会儿有人敲门。进来位同龄男生，放下瓶五粮液，抬眼见彭辉，“哎呀”一声，掉头便跑。唉，妙妙穗的电话没打给送餐的，打给了她男友。该是街头照过面，认出我，去召人手。

要杀出重围，最好两手都持刀。彭辉向妙妙穗要回铁条刀，疾步出门。送酒小伙子没跑远，在门口打电话。见彭辉出来，堆出笑，请他接电话。

送酒的小伙子不是妙妙穗男友，是男友手下。彭辉接过电话，电话那头的声音清亮，早自习课上领读课文的好学生嗓子。模仿玩家的痞气，说等了你很久，你要是个男人，咱俩一对一比刀。

彭辉：“一对一，没人旁观？”他：“单刀赴会！你、我、天、地。”约在放露天电影的坟场。彭辉乐了：“二十分钟见，容我喝口你送的酒。”

“行。”

二十分钟，都快骑回城了，大院子弟还是单纯。问：“你谁呀？”探得姓名，日后报复。

“我爹给我起的名不行，城里玩家喊我——蓝点子。”

蓝点子，近两个月出的新人，没想到住这院。他在东单商场楼梯，一对一打败一位玩家。逼得玩家叫“爷”，毁了威名，退出江湖。蓝点子是名贵鸽子，玩家们这么称呼他，透着赞赏。一对一，有品。

彭辉来了兴致，想会会他。回屋问蓝点子详情，妙妙穗大有怨言。

她带回家的第一位大院子弟，走近楼门已有点慌，上到单元门，像见了鬼宅，死活不进。留下家里电话，表态愿为她做一切事，快步下楼。

他是她在大院里唯一认识的人。她天天打电话，他天天陪聊，决不再往她家去。两人在果园坟场抽烟聊天，她企图拉下他的手，他跳开，羚羊般敏捷。

还记得第一次相见，在他下来的楼门。她堵他，要上他家玩。他眼珠贼溜溜乱转，说今日放外国纪录片《毕加索》，讲述巴黎一位颓废、没落、反动的艺术家，千载难逢。她跟去篮球馆，被介绍给蓝点子。

蓝点子敢跟她进家，激动地将每间房看一遍。他敢抱她，手扣在肩胛骨、膝盖，不往肉厚处走。也敢亲，在脑门。

她抗议："你是狗吗，只会啃骨头？"她要有所行动，立即被高高举起，重重放落，震得脑壳疼。视力恢复后，他已跑出门。

之后，他来她家必带四五名大院子弟，喝酒聊天，玩被禁止的扑克牌。

这是阮辛基哥哥阮赫尔的房，难道把她当成阮赫尔的未婚妻？怕坏父辈官运，她认识的首个大院子弟退缩。敢虎口拔牙，蓝点子倒是条汉子。

坟场上，蓝点子第一句话是："我知道你是谁。"彭辉点头，承认是阮赫尔。蓝点子："希望今天的事，不会殃及我父亲，仅限于你我。你我比刀，要光明磊落。"

彭辉忍住乐："动了我女人，你还光明磊落？"蓝点子告白，妙妙穗春心萌动，难以自控。怕哪个大院子弟出错，污了您威名，于是自己出马，扣她五个月，秋毫无犯，等您归来。

跟之前的推测一致，彭辉："等我回来，再跟我争女人，有品。"

蓝点子豪爽大笑："谁会争这个？对我来说，女人太次要啦！抱歉电话里冲您喊狠话，不约您比刀，怕您不见我。本人在城里闯下些薄名，连人带刀，愿为您所用。"

彭辉一惊，大院子弟的心思，超出玩家经验。怕回话不当，看旁边石柱，顶端的动物造型被手摸得发暗光滑，先找句闲话："谁会把坟头的东西摸成这样？"

“我小时候。”

大院子弟童年，京城还有拐卖儿童的人贩子，也有阶级敌人报复，殴打军人子女，他们不许出大院。院里好玩的，只有坟场上的石雕小动物。

那时他们就知道，城里名宅住着一个叫阮赫尔的男孩，活在雕梁画柱下，任意出行，警卫护驾。极为羡慕。

表示同情后，彭辉想出话，吩咐蓝点子，“一对一”不可取，那是流氓习气。作为将门之子，你要用兵法，学会拉拢与瓦解。先给部分玩家好处，令其归附，造成玩家分裂，再各个击破。

拉拢需要付出，问：“听说你们手紧，爹不给钱？”蓝点子表示从来不缺，爹不给钱，给批条子。彭辉提供了最易被拉拢的人——大白。

蓝点子记下，询问日后如何联系，汇报事态进展。彭辉冷脸：“你做了什么，我都会知道。等着我找你。”蓝点子折服。

回去补吃午餐，开了五粮液。大白通敌后，即可联合其他玩家，收了他街口……运用计谋，如此快感，今天是胜利的一天。

望向妙妙穗，又生一计。她可以做间谍，潜伏在蓝点子身边，汇报大院子弟动向。只是，该如何保证她的忠心？

一九五八年，彭辉九岁，学校组织看电影《英雄虎胆》，受历史教育。侦查科长曾泰打入敌匪内部，仍恪守纪律，不谈恋爱，致使不能利用女匪阿兰获得情报，一误再误，拖累同志们被抓被打……

历史的教训，不可重复曾泰的错误。彭辉表达了意愿，妙妙穗显得气愤，白耗五个月，终于有人愿跟她睡觉。

建议她向邻居借避孕套。打阮赫尔名义，不敢不借。招她耻笑："用那么拙劣的东西干吗？我有技巧。"

什么技巧？

彭辉慌了，酒醒大半。随后获得一场来自十八世纪法国，前所未有的经验。

十三

大白在废金属回购站卖了一吨黄铜，某大院淘汰的旧钥匙旧锁芯，苏联工艺。消息走漏，佛爷们先知道，传给上面的玩家。勾起一玩家怀旧。小时候见过进城玩的大院小孩，胸口挂黄铜钥匙，高贵奢华，羡慕死他。

他找上大白，说你肯定留了余货，送一把玩玩。引起大白警觉，为不生事，每位玩家都送一把。红布包裹，大礼一般。彭辉也收到，表态，大白通敌。

地坛医院后身胡同，玩家们封了两端，备下送医院的平板车。大白被绑在电线杆子上，剥去上衣，右侧胸骨画道墨线。彭辉将杀马拉的同款刀递给大白父亲，告诉刺这儿死不了人。

各玩家齐聚，堵上大白。大白没打即投降，同意交出街口，退出江湖。希望按他爹那代人的江湖规矩，挨一刀，留下卖黄铜的钱。彭辉想试试《马拉之死》上的刀口，说按你爹那代人规矩，就让你爹下手。

他爹一副“值了”的神情，接刀没犹豫。彭辉嘱咐：“您得攮进一半刃，这事才算成。”他爹点头，刀尖在大白胸上比画。揣摩片刻，求众玩家散开。自言老了，小臂无力，得退五步，靠冲劲才能攮进去。

大白喊：“儿子挺得住，您没白养我！”豪杰之气，让众玩家生了钦佩。他爹大喊：“闭眼！”持刀冲来，被彭辉一脚踹瘫在地。

《马拉之死》是世界名画，万一伤口画对了呢……彭辉垂头，牙咬衣领，满脑袋头发对着大家。若让人看到脸上惧意，后患无穷。

“彭辉，下面怎么办？”

之前，从没人敢催他。

彭辉从大白爹手里夺过刀子。玩家们以为他要亲自下手，他不抬头地走了。

大白出事，李勤劳没在身边。出于道义赶来，被堵在胡同口，正骂阵，彭辉拎刀出来。李勤劳以为要劈自己，晃一刀跳开。彭辉不躲，刮到耳朵。

滴血后，彭辉似乎才意识到手里拎着刀，收进腰里，嘟囔一句走了。有人说那句是“真有你的”，有人说是“长本事啦”。

总之，彭辉㞞了。

在地坛医院缝八针，彭辉去找妙妙穗。她气质大变，十分平静。问她有没有打入敌人内部。

她汇报，蓝点子不愧是将门之子，大局观清晰。追随阮赫尔的意志坚定，难以诱惑。她一贴近，即被举起，重落于地，墩得脚跟生疼，上震大脑。

她脑子已被震坏，一片平静。

彭辉：“你缺乏当间谍的资质，十八世纪的技巧，以后只对我一个人使吧。”祖传之技不能推广，她有些惋惜，见他态度诚恳，还是答应下来。

囚在单元房，两个月未联系手下。属于彭辉的七个街口，被玩家们攻下五个，给他保留起家时从歇咧虎子、刺猬手里夺的两个街口。佛爷和战犯随街易主，彭辉大损人马，降级为小玩家。

大白声名鹊起，传颂他坦然受刀，豪气万丈，震住彭辉。李勤劳刺彭辉一刀，未能扬名，普遍认为那时彭辉已掉魂，不算战绩。大白念他忠心，送上一百元红包。

那天彭辉走后，大白爹向玩家们借刀，要刺完这一下，被拦住。说卖黄铜所得的六成，分给大伙，可保留街口。大白解释，黄铜是蓝点子出的货，他负责运去卖。按劳取酬，获利一成，九成是人家的。

“好，一成的六成。”玩家们从电线杆解下大白。

不久，在大白撮合下，又一位玩家归附蓝点子，将大院食堂积下的牛骨卖到废品收购站。玩家们得了消息，找那玩家打趣：“大白卖黄铜，您卖骨头，太掉价了吧？”

那玩家淡然。说黄铜不常有，七八年才换一次锁。牛骨三个月积一批，小山一般。他五五分成，得利多过大白。

玩家们退去，之后有人回头，单身上门，希望牵线结识蓝点子……

有人找上玩家名义上的开山祖师——刘奶奶，说城里刮歪风，好些玩家热衷于给大院子弟跑腿，您得管一管。

刘奶奶：“醒醒吧，现今城里警察都是假的，全换成了军人。还想对抗大院子弟？你们早晚都是跑腿的。”

此消息不让外传，刘奶奶救人，只救上门的。

十四

妙妙穗技巧失误，有了身孕。彭辉回城，寻到墙压顶的宅子，递上封信，门卫拒收。等了一周，二常拎个皮箱，带阮辛基来到大院营级楼。

阮辛基的父亲倒台，被押往外省。她在家里接受警卫班、勤务班、厨师班批评教育。众人对她的封建小姐作风深恶痛绝，写下许多大字报，连续二十余天批斗。剪头发和抽皮带的行为被二常喝止，遭了推搡和刮脸皮。

她搬到院子里的杂物间住，每日劳动八小时，扫地擦窗、洗厕所、清狗舍、倒垃圾。今日下午接到通知，她不能再住宅子。装了六只皮箱要带走，惹得群情激愤，认为是小姐习气大爆发，扔给她一只。

二常地位特殊，既是群众的代言人，又是阮辛基的帮凶走狗，负责组织批判流程，又站在阮辛基身旁陪审。

得知妙妙穗怀孕，二常难过，不比旧时，他已安排不了。

彭辉安慰：“我和我妹出生，家里什么条件也没有，还不是照样长大？”二常更加自责。

拎箱子过来，是阮辛基要住这。二常请彭辉带妙妙穗搬走，遭阮辛基喝止：“四间房，住不下三个人？你住下都行。”

二常没住，留下四十元饭票，说现阶段得自律，停了送餐，去院里第三食堂。彭辉是玩家名牌，不便露面，由妙妙穗去打餐。

惹得阮辛基发火：“人家怀孕啦！我为什么不能去打餐？”“可以，可以。”二常走了。

入夜，三人在水池前一起刷牙。彭辉和阮辛基还未对过话。妙妙穗陪阮辛基睡，彭辉失眠，快天亮才晕晕乎乎眯着。醒来已到中午，阮辛基打回一桌菜，说懒得跑，把晚餐也打了。四十元饭票花去十元。

“咱们只能再吃三天？”

“可能到不了三天。”

她在食堂听到对她爹的议论。下午三点，一伙大院子弟闯入，说这是越权占的房，破坏原则，罪大恶极，要他们立刻搬走。领头者是蓝点子，见到彭辉，眼神一弱，仍以为他是阮赫尔。

出单元门，蓝点子推了彭辉一把，没敢使劲。下楼梯，又推几把，一把比一把重。出楼门，照膝盖外侧，一脚将彭辉踹倒。加踢三下，取位准确，分别是肾、胃、肝。

阮辛基搂住妙妙穗，喝令别闹，她想看彭辉怎么应对。彭辉疼得缩腰。蓝点子起脚闷在他脸上，现了鼻血。说："喊声爷，饶了你。"

彭辉龇牙笑，血淌进嘴："你太嫩了，上战场，最多是个排长。也不想想，我爹要东山再起，你爹怎么办？"

蓝点子走了。

坐1路公共汽车，回了城。进胡同口，阮辛基未向墙压顶宅子望，低头随彭辉拐进他家。门口的八哥、鹦鹉见人，模仿老头咳痰，各叫了声"呸"。

将她逗乐，笑不够似的笑很久。

家里两间房，四个人怎么分？院里东侧锁着间房，房主定为坏分子，回家乡改造。居委会收了房，贴封条上锁。彭辉拎条旧毛巾，到门前鞠躬："李大叔，得罪了。等您回来，我会补偿。"手巾捻进锁箍里，拽下锁。

屋是空的，妹妹洒水扫地，彭辉坐门口抽烟。有邻居举报。居委会来了人，见彭辉坐院里，便不再进。问："你住这啦？"叫把门上的封条残茬刮干净。

去西单商场买家具，工人运来布上。彭辉绕室一周，觉得自己不必如此。城里死了不少人，走了不少人，最不缺空房。手里的两个街口能找出三十多间，干吗囚在这？

计划里，他住李大叔房，三女孩住家，妹妹和妙妙穗一间，阮辛基一间……怎么会这么想？

阮辛基拎皮箱进来，表扬了彭辉的劳动成果，要入住的意思。彭辉表示是他住。阮辛基：“不合理，你还在你家，你和妙妙穗一间，你妹一间。”

彭辉解释，他在城里有个傍家，隔三岔五要来过一晚，他一个人住合适……为何这么说？妙妙穗怀孕后，对那女生做了安顿，她答应了断。

唉，还拿“傍家”二字说人家，像个臭流氓……暗中向女生致歉，等着阮辛基发火破口大骂，为妙妙穗抱不平。

阮辛基灿烂一笑，领导般宽宏大量：“你这种人就这样，料到了。何必隔三岔五？你可以叫她搬过来一块住呀。”

惊了彭辉：“那成什么啦？”

“你成皇帝啦。东宫一妃子，西宫一妃子。你妹是公主。”

“你是什么？”

“皇后啊。”

没想到……

彭辉：“皇后不嫉妒？”

“你是一个没有历史常识的人，皇后是从不跟皇帝睡觉的。”

她在这屋住下。

离开墙压顶宅子，装了六个皮箱，只让拎出一个。最没用的一个，装满旅游纪念品。其中一件白色游泳衣，父亲旧日部下去古巴公干带回的礼物。

什刹海、陶然亭、八一湖、工人体育馆皆有游泳场，全民开放，夏日满坑满谷，市民叫“泡蛤蟆”。城内总政办事处、公安部的游泳池，限于本单位和兄弟单位，但混进的人太多。城外一众大院，两三个建泳池，其余大院子弟都来。

不分上下，全是泡蛤蟆。

阮辛基游泳的地方，如她家一样，在一条胡同深处的老宅里。院门院墙是明清古迹，第一进院全是高树，第二进院是扒倒老房后建的苏式洋楼，二楼棋牌室，一楼游泳池。她七岁学游泳，泳池很少超过十人，远远相隔，宁静如夜。

她想游泳了。

只好去城里的全民泳池。妙妙穗不便下水，但想出去玩，说好只在池边坐着。商场里的女性泳衣仅有一款，表面是层碎布泡泡，混淆形体线条，分土红、土蓝两种颜色，极为晦暗。

一切设计，都为避免视觉冲击。彭辉赞叹设计师心好，给妹妹和妙妙穗各买一件。

走进满坑满谷的泳场，在彭妹和妙妙穗的衬托下，阮辛基一身亮白，分外扎眼。彭辉忽感耳鸣，类似收音机调频的噪声。妹妹怕出事，说整池的男生都不正常。

阮辛基下水，白色游泳衣沾水透明，她浑然不觉，翻身仰泳，全裸漂行，眨眼已在二十米外。

扫见泳池里有两位玩家、八九名战犯，“彭辉㞞了”的话传遍京城，他们已不怕他。彭辉回更衣室取刀，捏在毛巾里回来，果然见阮辛基在水里给人搂住……

那天彭辉划了五人。奔走踩踏，伤二十人。

两日后，夺走彭辉一个街口的玩家放话，他走了，街口退还彭辉。彭辉共失去五个街口，握着剩下四个的玩家找上大白，说你跟彭辉得有个了断。

大白答复，用不着我，穿白色游泳衣的女生是个军婆。

军婆——大院子弟随父辈的口，进城见女生叫婆子。玩家们恶心这词，反过来管大院女生叫军婆。

大院女生被大院男生盯得严，等同尊严，遭玩家调戏，必倾巢报复。曾经一大院女生叛逆，故意傍上个玩家。玩家觉得无上光荣，带她满城炫耀。大院男生觉得奇耻大辱，三十人进城，设埋伏堵了他单身。打得喊爹喊爷，大街上丢人现眼，再做不成玩家。女生回归大院，没事人一样。

玩家们都为他感到不值，从此轻易不招惹进城逛街的大院女生。等开战时再劫她们，引大院男生入埋伏圈，百试百灵。

蓝点子和大白合作，开创“混玩”时代，各大院子弟效仿。玩家们能进大院看电影、游泳、吃食堂，称兄道弟，千好万好，就是不准泡大院女生。

大白：“彭辉犯了忌讳。安心，等他倒霉。”

白色游泳衣的问题，阮辛基浇水实验，没发生透明现象。妙妙穗和妹妹证明，她俩没看见阮辛基光身子。

彭辉看见了……城里传遍，泳场伤人事件，因为蹦进个裸女，引发骚乱。

阮辛基：“要搞清真相，得再游一次。”

她意志坚定，劝阻无效。上次的泳池不能再去。阮辛基：“那就去大院的泳池。被赶出大院，我有口气。得再进一趟。”

阮赫尔分房的大院没有泳池，隔几个大院才有。赌蓝点子当天不跨院来游泳，很难不碰上跟自己照过面的大院子弟……

彭辉找到一位跟自己相熟的玩家，问他进大院玩过吧，玩过就安排游泳。玩家说，大院子弟对待我们，是秦始皇平定六国之法，拉拢一部分、打击一部分。我属于被拉拢的，你属于被打击的，进院危险。

“另外，听说你拍上个军婆？”

“游泳，我带她去。”

“你不是找挨打，是找死。”

彭辉带阮辛基到泳池大院，一位十四岁男生门口接，办了会客登记，男生还嫩，不认识彭辉。

游泳馆里，半池子十一二岁小孩，挤在浅水区，深水区全空。是部队的利民项目，无偿提供附近小学六年级学生上游泳课。避开了大院子弟，相熟的玩家够哥们。

一百六十多名学生，两位体育老师负责。阮辛基让孩子们看她的泳衣，回答严严实实，毫不透明。

她潜向深水区，彭辉跟后面，泳衣一直白灿鲜明。

游到深水尽头，她让他上岸看。她横游二十米，彭辉慨叹白色原来是覆盖性最强的颜色。

她招他下水，笑不够似的笑了很久，然后讲他刚才在池边一路追随。脸上是科研工作者严肃审慎的表情，令她喜欢，一种比男欢女爱还强烈的喜欢。终于理解了妙妙穗。

入住营级楼的一夜，阮辛基和妙妙穗同床睡，问她为何不用避孕物品，彭辉搞不到吗？妙妙穗回答，用了会把感觉带偏，她有祖传技巧，万无一失。

阮辛基："祖传技巧失误了呀！"

妙妙穗："祖传技巧绝不会失误！"

落下身孕的夜，她对彭辉产生一种比女人喜欢男人更大的喜欢，彻天彻地。她想延续，于是放弃祖传技巧。

听傻了彭辉。

阮辛基："妙妙穗所言，真实存在，我可以证明。你不准有二心，等她死了，再找下一个。"

阮辛基会开汽车，不会骑自行车，摔过几次，不学了。彭辉骑车带她，出大院门时，两名大院子弟骑车迎面进来，双方错过后，大院子弟自背后喊了声"彭辉"，熟人语气。

彭辉没答应，没增速，骑上马路再拐头望，见他俩加速驰进大院深处，该是去叫人。

骑到军事博物馆，未现追兵。军博门口，是1路公共汽车起始站。彭辉让阮辛基乘车回城。她说绝不偷生独活，要死死一块，不信“自行车减重，我逃得快”的话。

带她骑到南礼士路。若继续直走，是由复兴门入城。怕大院子弟抄小路赶到那埋伏，彭辉南行，选择从西便门入城。城墙已拆十余年，城门旧名指代路口。

距西便门三百米，彭辉下脚，支住车。大院子弟现身，前前后后三十余人，压住路面，不急着上前。

旁边有家卤煮火烧店，彭辉问阮辛基以前吃过吗。阮辛基皱鼻，说从来不碰，讨厌猪肠子。彭辉：“我想吃。”阮辛基：“陪你。”二人进店，碗端上，她试了，还是夹不进口。

大院子弟的自行车队压到店门口。走进一人，坐到阮辛基身边，夸卤煮味香，把住她的碗：“你要没动，就让我吧。”是蓝点子。

彭辉动上筷子，蓝点子低头吃起：“你装阮赫尔，骗惨了我。”彭辉：“你得了便宜，拿我的主意，成了玩家的太上皇、大院子弟的头牌马。”

蓝点子：“是呀，该谢你。”给出一个从没给过任何玩家的好处，把五车大衣卖到外省，五五分账。

彭辉：“纯感谢，没风险？”

“只有京城还玩刀，京城外，全是枪。”

各地部队下放库存旧枪，支持民兵建设，普及妇女少年，每村每镇都有枪。大衣在民间是好货，很可能被拦下。这时候你也得亮枪。都有枪，便不会开打，比说硬话，凭胆色闯过去。

卡车、司机、押车帮手，由彭辉找。蓝点子提供两支56式自动步枪，不给子弹。解释："学枪得训练，咱们没那时间。"彭辉表示不训练，拿枪手生，被看穿，必遭抢。

蓝点子赞叹彭辉心细，改为两枚木柄手榴弹，会摘掉引爆顶针，炸不响。还是手榴弹好，拿出一枚，别人会以为你还有很多枚，枪摆在明面，两支就是两支。

彭辉不太高兴："手榴弹，拿着傻。"蓝点子赔笑，许诺走完这一趟，安排上西山打靶，一定让摸上枪。

彭辉保持着不高兴，蓝点子说着好话，带队撤离。

阮辛基判断，蓝点子设局，要在路上害你。彭辉解答，今天他就能害我。他是让我帮他开条道，后面还不知道有多少货。来路不正，要玩家代劳。

阮辛基慨叹："真是隔行如隔山呀。"去了危险，忽觉得小店安闲静好，不在意卤煮味，想多坐一会儿。

聊起凯鲁亚克，彭辉带妙妙穗入住营级楼后，她整日看《荒凉天使》，碰上了一句感触深的话——你是独自一人么？如果是，那么你就是佛陀。

不懂的是，凯鲁亚克在荒凉峰上开悟，许愿度众生，将所悟分享给老朋友和遇上的一切人。但他下山后，只是找老朋友们玩了一圈，陪了陪母亲。书的结尾，却说他度了一切人，如清晨露水，用自己的所悟润泽了世界。

露水每日都有，世界依旧风尘。他什么也没做呀！

彭辉："他做过，发现真能改变后，又让世界维持了原样。"

凯鲁亚克在一个车站候车厅睡着，醒后发现包被偷走。包里是他所有钱，还有没写完的《荒凉天使》。他起心动念，于是改变了世界。一个明显不是乘务员的人告诉他，你的包已送到终点站，继续乘车就可以拿到。

他拿到了，什么也没失去。

阮辛基："哇！你这么解释这事？我以为他抽大麻，晕了头，忘记睡前托运过行李……既然可以改变世界，那就改变呀！磨叽什么，我愿意活在一个他改好的世界里。"

彭辉："不改变世界，因为他发现没有世界。我们原是一伙在天堂的天使，生出'别的地方没这好'的想法，于是堕落人间，陷入种种不好。本没有别的地方，没有好与不好，人间是天使的妄想。你不会去救一个电影里落水的人，凯鲁亚克也不会救我们。"

阮辛基要碗卤煮，难受着吃完。问：“我离开家，跟在你一起，是想体验不好？为达到这目的，我把我爹想倒台了？”

“对，是凯鲁亚克的意思。”

阮辛基暴怒：“荒谬，我不可能伤害我爹，求来跟你在一起！”彭辉不说了，她气消后，双手合十：“我现在改变世界，起心动念，要我爹恢复工作。如果不能，就说明你和凯鲁亚克都错了。”

五分钟后，她似睡去，做梦的人般，眼珠在眼皮下滚动。

夕阳照入小店，璀璨如金。二常精神抖擞地走进，通知首长平反，正乘飞机返京，长子阮赫尔陪在身边，你可以回家了。

走出卤煮店，她喊了声：“彭辉再见。”

十五

准备五辆卡车及司机，彭辉很是吃力，再次印证玩家和大院子弟不在一个级别。押车的帮手，除了手下战犯，彭辉想起刺伤自己耳朵的李勤劳，去找大白要人。

大白奇怪。彭辉转过一侧耳朵：“我觉得他忠义，搁在你手里毁了。”大白笑了，爽快交人，猜测彭辉要在路上整他。

李勤劳刀法不灵。江湖有名，是收了彭辉经过的女人。养女人，向大白要过几次钱。碍于他忠心救主的事迹，不给，会遭其他玩家耻笑。早有心整他，在等时机。

出发前夜，二常化装，穿旧衣旧帽找到彭辉家，交给个信封。想偷军事博物馆题字，是彭辉初成玩家的典故，市民爱聊，爱他的胆大妄为。阮辛基受启发，想出一计。

信封写“送交彭辉同志阅”，行书笔画，写得张扬如草书，报刊常见、全民皆知的字体。模仿首长签字，是秘书基本技能，在阮辛基逼迫下，二常违心仿造，供彭辉路遇凶险，拿出保命。

“弥天大罪。从此后，咱们三人的命运就紧紧地连在一起。”二常握手，告诉阮辛基不会再见彭辉。

阮赫尔回京后，得知妹妹成了流氓拍上的军婆，是近日轰动的“白色游泳衣斗殴事件”主角，四百人前光身子……抽了她耳光，骂她辱没家门。

得知他就住在他家门口，阮赫尔气馁，说屎盆子扣在脸上了。之后变得沉静，在野战部队谋划实战演习的神情。要他从外省回来，一定搬家。

外省来回需八天，一辆卡车配两个司机，轮换不停。司机和押车战犯拿酬金，彭辉给的数令人满意。彭辉定李勤劳为副手，讲好拿一成，李勤劳问：“您提拔我，是因为我收了您经的女人？”

彭辉承认。

途中，李勤劳请教刀术。彭辉问：“你十八岁？”李勤劳承认。彭辉：“你多问自己几遍。”李勤劳自问，一会儿后说：“怎么觉得这年龄是假的，我不是这岁数。”

彭辉：“这就是人间。什么事多问几遍，都会觉出是假的。你能把事看假了，刀术就成了。”

一路上，李勤劳自问了许多事，胆战心惊。最后请教彭辉：“我不会也是假的吧？”彭辉：“也是。”

之后遇上劫道枪手，看到彭辉的豪侠表现，他丧失兴趣。原本让他激动万分的事，像在演戏。他延续自己的角色，帮彭辉挡了一枪。是自制土枪，铁砂射进肩胛骨，像游进条小鱼。中枪后人会发高烧，他没有，全程挺下来。

蓝点子等在距京十六里的公路上，跟彭辉交接，取走一半分成。彭辉叫他带李勤劳去部队医院取入骨的铁砂，蓝点子不太想管，说他父亲身上有四块弹片，三十年照样活。

彭辉亮出“送交彭辉同志阅”的信封，蓝点子白了脸，答应照办。临别，彭辉盯住李勤劳，看相般，说：“你有了我的一切。”

李勤劳讲出自己都不知道怎么说出来的话：“一切皆假，之后怎样？”彭辉：“醒过来。”

“如果‘我’是假的，是什么醒过来？”

“醒本身。”

李勤劳听不懂了。彭辉笑笑，说西便门外三百米有家卤煮店，味道正。你出院，可去吃一碗。

被安排进病房，等待手术，窗外起雨，李勤劳有一种即将

“醒来”的感觉，但又不像发生在自己身上。思索，那是彭辉的感觉，波及他。

抢辆自行车，骑到西便门。直觉对了，彭辉果然在卤煮店。大雨天，仅他一位客人。李勤劳坐下，又一次说出不知怎么说出来的话：“如果我有了你的一切，你醒了，我怎么办？”

彭辉：“等着身体老去、死亡，也是一个醒的方式。”

六七名披雨衣的人冲入，深遮面容，如一九五六年译制片《巴黎圣母院》中的修道士。李勤劳被拽倒，脸贴地面，大关节被利落压住。

之后，一个气量很厚的声音响起，并非中年人，还年轻：“你喜欢《马拉之死》？”彭辉没应声，该是在点头。

“《马拉之死》没画错左右。只有外行会认为，扎左边才死人。右边没心脏，有根大静脉，刺破后，心脏会旋涡般吸入空气，两秒丧失意志，十秒死人。每一个受过侦察兵训练的人都知道。”

彭辉：“受教了。”

听声音，彭辉掏出信封撕碎，点火烧尽。之后，搬桌椅，挪出空场。搏斗开始，那人由着彭辉进攻，两次为彭辉的表现叫好。突然两人脚停，紧紧挨住。李勤劳后颈受击，晕了过去。

醒来，面前站着几位警察，得知彭辉已死。

彭辉的葬礼，京城玩家齐聚。蓝点子送了花圈，大白哭成泪人。

跟李勤劳同居的女同学去了。彭辉妹妹跑上前，抱住她哭诉，还以为她被哥哥划花了脸，这么多日子，想起她就哭。整个葬礼，她俩一直拉着手，不愿分开。

葬礼结束，女同学捋下彭辉妹妹的手，说我做过的事自己都嫌弃，见你会难受，以后不要再见。

她跟着李勤劳走了，彭辉妹妹送出很远，问了二次："不再见了？"女同学说是，不再相看。彭辉妹妹停下步。

彭辉妹妹两年后离京，响应号召，支援农村建设。发愿扎根，嫁个质朴农民，当个人见人夸的生产队小队长。离京前，去女同学常待的水边，远望了她一眼。

葬礼后，家里来了位奇怪的女生。不愿说话，给彭辉妹妹跪下，讨要只会喊"呸"的八哥、鹦鹉。两个月后的一个早晨，八哥、鹦鹉给挂回门口，两鸟一句接一句地诵诗：

"薄雾升山谷，群峰清如洗。薄雾染林尖，梦境幻如许。"

不想孩子没父亲，妙妙穗要打胎，被阮辛基拦住，说我是孩子父亲，我管一切。

阮辛基未去葬礼，在家闲待一上午。十二点半，二常进来汇报，妙妙穗参加完葬礼回来了，显得情绪不高，你要不要陪她说说话？

阮辛基："你是怕我情绪不高吧？"二常呵呵笑了。阮辛基："《荒凉天使》上有句话——你是独自一人吗？如果是，那么你即是佛陀——别为我担心，我现在是佛了。"

墙上挂黑纱镜框，框中人是阮赫尔，凛然正气，国之栋梁的气象。他右胸中刀，与马拉一致，上腔静脉破裂，无法抢救。葬礼在前一日举行。

二常发牌般，在桌面列上四十余张照片："如果有个外孙，家里补上男丁，首长的悲痛或许会减轻。"

阮辛基："我也这么想。"绕桌后坐下，端详起照片，各路名门之子。这张桌面，等同黎民百姓的未来。她乐了，亮起一张："你瞧，这人的笑模样，还挺像彭辉。"

二常落泪："那就选他吧。"

阮辛基摆手，叫他出去。

十六

二〇一五年十二月二十日，电影《老炮儿》首映。李勤劳次日听闻，拍的是他们一代人，买票去看。出了影院，步行一小时到西便门外卤煮店。

店里有两桌人在吹牛。先说一角色不是张涵予演的，是李勤劳冒张涵予之名出演，后说跟李勤劳比过刀。终于吹牛吹大，说他们杀了彭辉。

听着听着，觉出他们当年是一伙佛爷，该上去一人抽俩耳光。但他们说的一句话“大勤上面的彭辉”，让李勤劳转念。

他只跟了彭辉八天，名义上从来是大白的人。他们把他说成是彭辉的人，令他惬意。走到收银台：“那两桌的单，我买了。”

“大爷，您忘了？卤煮是先交钱，人家早买了。”

“啊？那搬箱啤酒过去。”

店小，两桌人听见，叫起来：“哥们，真不用。老了，喝不动。咱们认识吗？您谁呀？”

李勤劳：“张涵予。”快步出门。

坐过两站地铁，回想在运大衣的车篷里，彭辉跟他说起白色游泳衣斗殴事件。

我们在梦里能看见一切，没用双眼。现实也如此，人所能看见的，只是想看见的。白色游泳衣永远是白色，不会沾水透明。泳池里的全裸女子是所有人共同的幻觉。

我们所有人共同创作出一个能解决人类一切问题的全新时代，其实它并不存在……

重新体会到四十年前躺在301医院等手术时，那种即将“醒来”的感觉。唯一不同，上次的感觉是彭辉的，这次像是自己的。

彭辉要他以衰老和死亡的方式“醒来”。他遵照，多活了四十年，目睹无数新人新事。但他知道，没有新人新事，变了变外观，还是一九六六年至一九六七年——他十七岁到十八岁的人与事。

他从没有失去青春、初恋、友谊。四十年来，他最珍贵的一切，以反面的方式一直陪着他。

入型入格

一

入型入格——广东话，北平人讲的“办事漂亮”。一九三〇年，北方战乱，迁居广州的北平人，学会了这句话。

广州临珠江，住岸边的人低下。两户人家间有块空地，一位老居民领一对男女，敲两户门，说这对男女想省砖头钱，用两户左右墙面，只建前门后墙，成一栋房。

两户人不高兴，老居民介绍，男人习武，说住上个习武的，不来小偷，流氓生事，他出头，大家受益。

男人眼光，遥远模糊，江里礁石般。

女人的眼，好看。

广州是大城，小学一百一十余所，学费低，五六个小孩的人力车夫家，孩子到岁数都上学。更便宜的义务小学，还提供课本铅笔。男人在义务小学找了体育老师的活儿，教拳。

一九一二年，上海的小学率先开设了武术课，之后各大城市陆续模仿，十年内普及全国，成了小学的基本设置。他教的是北平常见的八卦掌，他叫叶洪民，爷爷辈，洪水淹了庄稼，入城讨饭做了北平人。

就职半年，小学放暑假，歇五十天。叶洪民在家，来了访客，乘美国福特轿车，车顶绑两根丈长的白蜡杆子，北方武人练功用具，手握处久吸人汗会变红。

一根杆子红深近褐。

岸边房区，没进过轿车，街坊们都出了门。访客皮鞋西装，眼光亮，正在二十近三十的好斗年龄。他练北方功夫，听说新来了北方武人，技痒，要比比。

站在家门口，盯那根红深的杆子，叶洪民问操习了多少年，访客说是他北方师父留下的。

访客脸白，涂了女人护肤的雪花膏，拿起杆子，腰部生硬。富家公子自幼娇惯，不会下苦功，能练出什么？叶洪民答应比了，街坊们散开。

三下变化，叶洪民杆子脱手，震飞上房，顺房顶斜度滚落，摔下个人般响。访客藏了本领，好沉的力道。

叶洪民：“开眼，见了高术。”

访客谦虚：“您让我。”

女人站在门口，叶洪民请访客入家喝茶，访客指向他家：“这道门，我进，您不能再进了。北方规矩，输了，留家留女人，白手走人。”

有街坊骂脏话。看了眼家门口的女人，叶洪民走了。

江上在修桥，美国马克敦公司承建，完工要三年。水深处有礁石，像访客的杆子般红深近褐，时值下午三点半，正被江潮淹没。

迎面停下座敞篷轿子，轿夫戴黄色竹帽，长对襟着装。轿夫不接街头散客，在富户家专职。轿子接客，礼数上重于轿车。

接到一栋顶有钟楼的银行。银行后厅，酒店般华丽，立着小树高的草本植物，接待叶洪民的是位女士，近五十岁人，保养得如三十岁，自称“邦尼何”，说大杆子是正经拜师的武人练的，你没下过功夫。

输了女人，没抗争，是想看背后的事。

抵押古画，是向银行贷款的方式。这家银行新收了明末清初画家龚贤的长卷《千岩万壑图》，高二十八厘米，长九百八十厘米。行长高攀一位名士，请来赏画，不料名士借回家细观，就此不还。

名士——政界大佬引退后，人文艺圈当龙头。杨度操持北平诗坛，梁启超主导新闻报评，张勋成了京剧大角儿们的靠山，康有为鼓动书法新潮……

行长羞于当面索要，下派邦尼何办理，吩咐要“入型入格”——办得漂亮，不留难堪。

跟叶洪民比武的，是邦尼何弟弟，小十七岁，叫何长发。两人是行长的“安全顾问”，在行长家已服务二代。他俩的父亲来自江湖，给行长父亲办过大事。邦尼何先向叶洪民表示：“您夫人安全，我弟弟会对她秋毫无犯。”

在小学教的八卦掌，是叶洪民看会的。北平城是八卦掌发源地，树林水边，都有练的。他远看，没敢上前学，武人收徒要查家世。

邦尼何：“冒充武人南下，不会大杆子让你露馅。您真该练练。”

叶洪民：“那得从小练。来不及。”

邦尼何：“是。您从小练的功，杆子是用来爬的。”

叶洪民不再接话，邦尼何笑道：“广州出强盗，北平出飞贼。强盗伤人，飞贼躲人，入了人家，以被看见为耻，掉头就走，不来第二次。令尊是北平大飞贼，劳您取个东西。”

行长要求“入型入格”，偷画不能用本地人，不能用警局有案底的人。叶洪民符合。

没有想的那么严重，叶洪民放松了。原以为是父亲仇人找上门，起立作揖：“您找错人了。父亲带我练功到十三岁，没带我入过人家，便给警察打死了。飞贼的活儿，一天没干过。”

邦尼何：“练过，就能干。”

叶洪民：“干不了。家父遗言，叫我改邪归正。”

邦尼何：“改邪归正，我帮你。”

开出条件，他父亲的名字续进八卦掌门派师承谱，他进省立广东文理学院教体育。洗白家世，成大学老师——做一夜飞贼即可换来。

二

父亲，北平茶馆里至今有评书在讲他。飞贼只窃富商高官，市民听着解气，因而有侠名。北平城，一代只有一个飞贼，身手老化后退隐，方有新飞贼。

父亲四十六岁，还不退隐。那年入京个飞贼，带着女人。父亲打跑了他，占了他女人，生了俩儿子。

评书里，父亲买了一条鲤鱼、三根德国香肠、一盒稻香村点心做见面礼，跟那人比全套飞贼技。输了退隐，赢了要女人。大战五日，那人一样没赢。留下女人，出了北平城。

“飞贼赌媳妇”是北平市民爱聊的事，香艳凶恶。母亲是湖北人，五年里生下俩儿子，求父亲放她回老家。父亲放了。贼人不照相，母亲没留下照片。父亲一个人带孩子，脸变了，和善如妇人。

父亲爱侠名，跟两位评书艺人兄弟相称，事由他们编，很受听很伤人。富商高官家的财宝被描述成坑害同行、搜刮百姓的不义之财，直说姓名。被点名的富商高官不好表态。报复艺人，会落下“所言皆真”的口实；无反应，则是百姓娱乐，满口瞎说。

富商高官失窃后，不报案，警察不抓他。赌媳妇事件不是父亲让说的。长子叶洪民降生，他高兴，请艺人喝酒，被套出了话。这段评书编的，父亲不满意，但在茶馆里火爆，想“让老哥们挣点钱吧”，没管。

于是父亲背上恶名。

父亲不是谨慎人，警察除了不知道他住哪儿，要白天上街，能认出他。他常去茶馆听讲自己的评书，半个茶馆的人都认识他。他嗜吃，去酒楼不订包间，在人满为患的大厅，一个人一桌，喝醉了，趴桌面睡觉，两三个小时醒不了。

如此显眼，没出过事。

飞贼不窃大额钱款、难得之货，超过容忍范围，高官富商会雇凶追杀。过了五十岁，父亲不再翻墙盗窃。送信到高官富商门房，说自己哪天来，要保镖提防。保镖上报主人，领出钱，送到讲父亲评书的茶馆，托茶馆经理转交父亲。

拿到“去贼钱”，父亲返还二十分之一给保镖个人。作为好处费，返还十分之一给这家主人，感谢对自己的尊重。父亲像个公司中层职员，工资不高，管很重的事，高官富商家如被流窜入京的贼窃了，父亲要负责追讨。

讨回来，才好再送信拿钱。

叶洪民四岁，开始学飞贼技。过了两年，弟弟也四岁，哥俩一块练。弟弟像父亲，叶洪民被说成像那个记不得脸的妈。弟弟两岁时，还说不出整话，父亲也不说整话地跟他聊天。弟弟十一岁，他俩仍有时这么说话。叶洪民想明白了，那是他俩发明的暗语，只属于他俩。

弟弟十一岁，父亲死了。那天，爷仨在西单牌楼下的街摊吃早点。弟弟犯馋，说要二十碗豆腐脑。叶洪民骂弟弟心大，向摊主说是三碗。父亲打断他，要了二十碗，跟弟弟比赛着吃，哈哈大笑。

他俩间的快乐，让叶洪民艳羡。

来了警察五人，领头一位跟父亲打招呼。贼人总要回避官人，父亲要走。领头警察却坐上他们桌，说北平城换了主人，听说城里有飞贼，嫌不体面。

父亲说给五天时间，最后捞一票出城。领头警察笑了："我的老哥哥呀，您多久没动过脑子啦？上头要体面，还能容您再作案？"

父亲表态，下午即出城。

领队警察：“我们来了这么多人，还能容您走？”父亲赔笑：“抱歉抱歉。看不懂眼前事了。是要捕我入狱？”

领队警察：“上头意思，击毙街头。”

谈话间，街面已清了行人，空出牌楼，来的警察超过四十人，皆持步枪。领队警察：“往日里，你跟我们碰面打招呼，冲这情面，让您死漂亮了。”掏出手枪，指向牌楼，“您显手本事，能爬多高爬多高。”

西单牌楼，四柱三门，绘着彩画。

父亲跟弟弟用不成句的话说了片刻，之后交代叶洪民：“教你的本事，朽在身上吧。改邪归正，哪怕当街卖豆腐脑，爹也高兴。带着你弟弟，掉头即跑，不要回头。”

跑出五十米，叶洪民回头，见父亲攀上西单牌楼最高端，中枪跌下。弟弟没回头，街上跑没了。

牌楼下，父亲见叶洪民回来，喊：“你谁呀？不是我儿子。”瞥眼警察，哀一声，咽了气。

那时汽车罕有，运尸体用骡车。两位身披麻布的警察赶来骡车，早备好候着的。披麻布，为免蹭上血。

父亲尸体上了骡车，领队警察递给叶洪民张报纸：“你爹一代豪杰，别让人看他死相，笑话他。”

叶洪民蹲上骡车，给父亲的脸盖了报纸。

警局写了申请书，叶洪民被送入宣武门外下斜街的香山少年感化院。少年感化院是瑞典首创，欧洲各国效仿，关押少年犯，上八年制小学课程，施以基督教教化。香山感化院追求中华特色，改为佛教教化，语文课上讲佛经。

心慈何劳持戒，行善即是坐禅。
前非可以痛改，淤泥能生红莲。

香山感化院校歌的第一段词，让叶洪民明白人生是潭淤泥。一身功夫，感化院围墙困不住他，待了三天，出去了。原想自己露面，弟弟该来相会，但弟弟没有。家被搬空，住上了新租户。满城寻弟弟不得，像城里没了他。

感化院三天，每天都有语文课。语文老师叫许家娴，能同时对视上所有学生的目光。一堂课四十分钟，每个小孩都觉得她全神贯注地只看自己。

从小到大，没这么被看过。走在西单牌楼下，叶洪民想起，父亲看弟弟也这样，没这么看过他。

他回了感化院。隔十天，翻墙出去找次弟弟。后来，一个月出一趟，之后两个月出一趟，再之后，想起来才出一趟。弟弟一身本事，不担心他活不下去，担心他欺负别人……如此想着，叶洪民成了许家娴眼里的好学生。

语文课，除了小学正式课本外，讲佛教故事集《百喻经》和《坛经》。《坛经》一半也是故事，讲禅宗选第六代祖师，品学兼优的僧人没得着，给了一个伙房帮厨。帮厨不识字，样子丑凶，被骂成是野狼野猪一般的人。

感化院孩子认同六祖，每听到他拿话刺人，令饱读经书的高僧还不上嘴，孩子们便鼓掌欢呼。

叶洪民语文课上受宠，因为他识字多。前辈评书艺人多是文盲，评书内容是口口相传。父亲年龄的评书艺人，因报业繁荣，以识字为荣，讲汉唐故事要带上今日新闻。叶洪民五岁、弟弟三岁开始，整日被父亲放在茶馆，艺人教了识字。

许家娴住在感化院外的胡同里，租的房，家具简单。有一盏底座为红色钢琴造型的台灯，看着就贵，小偷会偷的东西，她的未婚夫所赠——少年犯里传言，是位军阀，骁勇善战，打下一连串天怒人怨的战争。为给他赎罪，她来感化院工作，一旦结婚，将住进占地四亩的法国式别墅，享用一间墙上镶金的念佛堂。

她家，去过。

体育课，此生第一次打篮球，叶洪民差点戳了同学眼。不是失手，是父亲的训练，飞贼逃脱追击者的技巧。控制不住，有人抢球，他必戳眼。没法打篮球，为下场，他装晕倒地。

恰被穿行校园的她看到。

躺在沥青的操场地面上，听体育老师说，这是血糖低的表现。她说她家有糖，拉他起身。校门到她家有四百米，她家里的糖，是咖啡馆喝咖啡，暗带回来的方糖，包在手帕里，只有两块。她相信，足以治好他一辈子的低血糖晕厥。

之后，他又开始夜里翻墙出去，不是找弟弟，是看她窗帘。她的窗帘，印着热带鱼图案，在晚九点规律地熄灯。窗帘上从未出现过别人，只有她合十念经的侧影。

两年后，少年犯们传言，她的军阀未婚夫攻下了南京。她辞职了，应她的要求，感化院未组织师生告别，说是免得孩子们伤心。

她突然没了。凭父亲的本领，叶洪民找到她，在北平前门火车站台上。有四五个同行者，拎着箱子，她披俄罗斯纱巾。叶洪民径直走去，有些脸红。

在感化院两年了，叶洪民十五岁，是收容少年犯的极限年龄，马上要转去成人监狱服刑一年。父亲死罪，他作为从犯，判了三年。走近她，冰雪聪明的她带他走开几步：“私自离校，要记处分。”

想起《坛经》，叶洪民说：“老师，六祖说——前念着境即烦恼，后念离境即菩提。我没懂。”

她向同行的几人说，这是她班上最好的学生，代表全班来送行，解答：“眼前的一切，火车、众人、你我，都是虚假泡影，当真了，便有烦恼。你的心，要离开你看见的。”

叶洪民：“您是假的吗？”

她：“是。”

她走了。叶洪民在成人监狱服刑一年，出狱后回香山感化院求职，当了杂工。院长收下他，因许家娴的“教师总评”写他：“本性善良，热爱学习，虽生于歹徒之家，却没不良习气，淳淳无染，令人同情。”

他打扫楼道，修补体育课器具，后做了烧热水的锅炉工。感化院教学改革，顺应全国武术热潮，像普通小学一样开设武术课，之前不设，是怕助长少年犯们打架。他向教务处申请当武术教师，表演了从墙上一个跟头翻下，把公园里偷看来的八卦掌打得威风凛凛。

教务处解释，武术教师由北平教育局认证，去报名考核，需拿出拜师习武的师承谱和三位成名武术家的推荐信。贼人与武人，如井水与河水。作为飞贼的儿子，没有拳师会收叶洪民为徒，他学不到武术。

休了此念。聘任的武术老师来了后，带学生在篮球场打拳，也是八卦掌。他偶尔会走出锅炉房看看。

二十四岁，他没结婚，很少出校门。一日，锅炉房来了位打开水的生面孔。新来的老师，一双避不开的眼，像一个人。一直低头的叶洪民，惊觉自己对视她。

她教语文课，来自南京，叫李方。听音易想成“芬芳”的芳，她会纠正：“方正的方。”她带来许家娴的消息。九年前，许家娴离开北平，去南京第二小学任教，全因那里薪水高。

九年后，许家娴是名牌教师，她班上的小孩，奇迹般无一遗漏地热爱学习，成绩永远高于别班。她不是加大作业量，研究解题秘诀，而是课余跟小孩们聊天。她的理论是，孩子觉得自己受重视，智商便开发了，智商高了，学习自然好。

她本不愿说，多位老师恳请下，公开了她的理论。老师们实践，皆无效，觉得她藏有秘诀，对她更为敬畏。

李方十九岁，师范学校毕业，来南京二小实习，由许家娴带她。一见面，她喜欢上许家娴的眼，一双可看见所有人的眼，专注而美丽。

许家娴发现李方在学自己的眼神，对她有了亲近感。实习结束，凭着两人处出的好感，李方追问许家娴教学秘诀。许家娴说了自己的理论，李方寒心，早听过，听说了它的无效。

因觉许家娴不诚，离了南京二小，李方没再回去看过她。查到许家娴曾在北平教少年犯，或许在罪恶的孩子身上，她发现了什么？报纸上看到香山感化院招聘教师，李方来了北平城。

叶洪民对于李方，是意外之喜，竟还有许家娴教过的人留在校中。叶洪民问："许老师的丈夫是位军阀？"

李方瞪大跟许家娴一样的眼。

叶洪民早知道，许老师未婚夫为军阀的传言，是少年犯们的集体臆想，只觉得她好，想出军阀来配她。她的男人该有权有势，保障她一生不受人欺。

还是问了。

李方说，许家娴在北平独身，在南京成了家。丈夫是美术编辑，报纸上画插图，心灵手巧。

叶洪民双手合十，默念，真好。

他的样子，令李方有一丝触动。

之后，李方常约他喝茶，询问许家娴在感化院的日子，其实是想看他说话。一人感恩另一人的神情，令她触动。触动，是被婴儿的手碰上的感觉。

问他久了，她悟出了许家娴的秘密。其他老师跟孩子聊天，假装平等，还是大人对小孩的居高临下，孩子更紧张。对他们的失败，同为教师，许家娴不好意思说：“原因在你们。你们没有爱。”

李方目的达到，该回南京，却犯了懒。她懒洋洋地待了一年，军阀们打起了“中原大战”，北平有兵灾危险。她去了锅炉房，问叶洪民：“我要离开北平，你走不走？”

收拾东西，跟她走了。

此生，许家娴是关注他的第一个人，李方是第二个人。

三

何长发入住叶家，带唱机、咖啡壶。还搬进座四壁一门的厢床，如房里建了栋木屋，夜里可关门合锁，供叶洪民妻子睡。这表示她不会遭冒犯。

门外邻居则议论，床都换了……

叶洪民妻子是李方。离开北平前，她联系了镇江国立小学就职。镇江到南京一夜车程，她带叶洪民看望许老师。

许老师没认出他，不记得当年火车站有学生送行。

许老师家的周日，总有已毕业的小孩来，吃了午饭吃晚饭，天黑透才走。许老师课上的目光，他们毕业后再没遇上过，久了不舒服。他们彼此聊天，并不要许老师陪，但要待够时间。

眼扫过坐在四处的小孩，叶洪民说："您能想起我，前念着境即烦恼，后念离境即菩提——这是火车站送别，我向您的提问。"

许老师：“我当年怎么答的？”

叶洪民：“你的心，要离开你看见的。”

许老师点头，仍未想起他。

或许，看着这位向自己走来的十五岁男生红着脸，她便刻意忘记了他——李方如此想。

回到镇江，叶洪民未失魂落魄，李方病了一周。等她病好，叶洪民告辞，他伪造了一份北平教育局武术教师资格证书，要南下广州。北平距广州二千一百公里，广州小学一百一十所。小学里教武术，十七岁觉得是最好的事……

以为缘分断了，不料李方辞职，跟他走。

到广州，叶洪民想起，这辈子还没骗过人，久久不去应聘。李方说，教书一年多，才知自己烦小孩，教书违背她天性，不愿再当老师。迫于生计，他走出门。

只敢去招收贫困生的义务小学，那里急需师资，检查不严。工资比预想的低，像许多底层妇女般，李方糊火柴盒补贴家用。全国火柴厂均不建手工车间、不雇手工工人，外派糊火柴盒的活儿，糊二百个一分钱。

不再谈许老师，夫妻间得有话。李方要叶洪民讲，叶洪民越说越会说。他本是在讲评书的茶馆里闲待着长大的孩子，听熟了讲父亲的两套全本、四十个小段。

李方爱听。

面对入住家里的何长发，李方认为是她惹来的。人对什么感兴趣，便会惹来什么。比武赌媳妇，是听过的事。她缩在桌子后，糊她的火柴盒。

天还要许久才黑，何长发走来，似要帮手。门外响起喊话，高亮的女腔：“里面的人，出来！”

门外站了七八位女镖师。广州绑架案频发，富人给妻女雇贴身保镖，男子不便，催出了女人当镖师。富人女眷的服饰普遍西化，女镖师们随着，短靴、夹克衫，一样时髦。

丑事传千里。比武输老婆的事，激怒了同为女流的女镖师。她们拎六点半棍，长二点八米。北方大杆子用白蜡木，南方武人厌恶其弹性，认为是废材，影响劲力传达。

六点半棍用热带气候里几百年长成的酸枝木，硬如生铁，不需要手汗浸染，天然红深近褐。钟表上的六点半，时针、分针、秒针都垂着，起这名，是形容它沉重。

何长发出门。同在一城，都认识，女镖师领头叫火烧云。何长发：“您该待在小姐太太的香阁里，怎么上街了？”

火烧云：“斗棍赌媳妇，武行没这规矩，你玷污了习武人声誉。我跟你斗棍，输了，你离开。”

何长发：“您说对了。武行没这规矩，飞贼的规矩。”

暗示明确，这家男人不是武人是贼人。火烧云有了退意。此时李方踱出家门，没事人的脸，学了七成的许家娴的眼。

一秒对视，火烧云生出亲近，口气又硬：“不许欺负女人。”

何长发：“秋毫无犯。”

火烧云：“怎么保证？”眼向李方，“你跟我走。”

李方欠腰行礼：“您仗义，我不好走。”

火烧云怒喝：“不知好歹，走！”向李方迈步，要撞开何长发，去拉她。火烧云胸部，白种女人般鼓胀，这便是习武的好处。何长发犹豫，该闪避还是该出手阻拦，碰身子，终不好……

六点半棍一沉，砍上何长发胫骨。偷袭成功，何长发倒地哀号，似腿已断。

火烧云：“这是你给的保证。”瞄眼李方，带队走了。

夜半，李方仍在油灯下糊火柴盒。何长发被两名黄帽用人抬进门，自医院回，腿上打了石膏。李方抬头：“非得回来呀？”

何长发笑笑：“江湖事，是这么办的。你男人要手脚麻利，我也就忍一夜。”

四

名士不住洋楼，住中式建筑——西关大屋，广州风格的四合院。叶洪民甩飞爪攀墙，以折叠铁皮铺上墙顶铁丝网，一个翻身，吊在墙内。

毕竟是四合院，刹那间潮了眼，想起北平城。

院内有巡夜镖师，三人一组，三组循环。北平城，飞贼与镖师共识，以武功为荣，用火器为耻。镖师巡夜持红缨枪、挂腰刀，手枪深埋衣襟，尽量不掏。

眼前的广州镖师端着捷克 VZ-24 短步枪——原是为战乱频发的南美洲设计生产，不料中国成了最大销量国。

叶洪民返身，挂于墙外。

叹气，滑下。

此枪射程八百米，废了飞贼技，在此射程下，没有追与逃。

次日，叶洪民走正门，递上拜帖，求见护院镖头铁靠山。广州三十年来出名劫匪吕百媚、周有礼、欧阳姑父、孙天、葛力、沈白脸，皆坏于他手，打残送官。

他六十三岁，即将退隐，受雇名士家是保镖生涯最后一单。誓要平安，全一世之名。已向各路匪帮打过招呼，诸位要清醒，雇佣期两年内，别来找麻烦。

北平城递拜帖，要等主人送回帖，写下约见日子，方能见面。叶洪民要走，被门房喝住："不等回话呀？"

不想当日能进门。

铁靠山在后花园见他，中式八角亭，雕罗马花纹。为谈事，拜帖上写了父亲名号——北平叶七郎。

铁靠山："南北遥远，也听过你父亲大名。上座。"

叶洪民坐于铁靠山侧面，二人平齐。铁靠山双眸闪亮，维持在五十出头模样，近了才感到他的衰老。衰老，是股味道。

叶洪民："这家主人借了张古画，赖着不还，我受雇于人，要取回来。"

铁靠山："借物不还，确实理亏。"

叶洪民："请主持公道。"

铁靠山："下面的人没法主持上面的公道。上面的事降到下面办，下面就得付出翻倍代价。我也受雇于人，失画，毁我名声。"

叶洪民："世上没有公道了吗？"

铁靠山散了眼神："有！你爹是北平叶七郎……晚上来，我们不开枪。看你本事。"

叶洪民行礼退下，得到了想要的。

入夜，叶洪民翻上墙头，五重院落都亮着院灯，不见巡夜镖师，二重院里支一面镖旗——要飞贼现身谈判的江湖暗号。

铁靠山坐在镖旗下，为表诚意，身边不留镖师，不备武器，两名老用人陪着。见叶洪民现身，他起身致歉。下午名士去了外地，古画挂到名士女儿房里。飞贼规矩，不劫女眷、不进女人屋。

铁靠山："你做不了什么了。"见叶洪民发愣，追问一句，"你爹在时，规矩给你讲全了？"

叶洪民穿深灰色夜行服，蒙头裹脸，忙点头，表示知道。铁靠山："从大门出去吧，你这趟，算是朋友拜访。"

老用人备了青色大褂、意大利礼帽。

过一重院，老用人喊声"送客"，开一重门。镖师守夜，不代劳用人工作，还是用人开门。

五

李方与何长发处了三夜，四日下午问："我男人死了？"

何长发应答："画在女人屋里，飞贼自尊，不进女人屋。进女人屋的是采花贼，你男人在满城搜索，找采花贼帮忙。"

李方："这儿有采花贼吗？"

何长发："常有妇女失踪，被贩卖到南洋。"

李方："难为他了。"

没了话，她糊火柴盒了。等半晌，听她又言："他父亲是北平叶七郎，劫富济贫，有侠名，瞧不起祸害妇女的采花贼。找采花贼帮忙，对他，是降身份的事。"

扫来一眼，眉秀瞳丽。

如吸凉气。何长发连连称是："难为他了。"

"前念着境即烦恼，后念离境即菩提。"默念此言，叶洪民蹲在所宅院外。白日在墙上发现了采花贼标记——七齿梳子，梳子旁画了大象、轿车，伪装成小孩粉笔涂鸦。

暗号表明，今晚取墙里女人，江湖朋友请回避。南北遥远，而贼人用同一套礼节、黑话、暗号，百年如此，方便本地贼人与过路贼人沟通，出了纠纷，退让着解决。混江湖，不能做绝事。

采花贼不劫高官豪绅的女儿。高官豪绅必要赎回女儿，还人拿钱的过程中，难免军队警局介入，事情会闹大。绑票是六十人以上的匪帮做的事。

广州城外，有匪帮十七股。走私为日常，绑票为大事，人手一支射程三百五十米的德国毛瑟枪是基本配置，其中两股匪帮买了英国造民用快艇。

采花贼是城里的贼，偷偷摸摸，以不开枪、不惊街面为底线，不要赎金，贩卖人口赢利。采花对象是拿不出高价赎金、无报复能力的中下阶层。

其中，开杂货铺的和教书人家是首选。开杂货铺的小富，企盼女儿嫁入更高阶层，娇生惯养，皮肉漂亮。教师家女儿都读书，聪明文雅。二者可卖高价。

白日打听了，墙里人家是中学校长。半夜来了辆运客的脚踏三轮车。广州与北平上海一般，街面上多是人跑着拉的人力车，脚踏的稀罕。

叶洪民判断，采花贼到了。

三轮车行驶稳，车厢大，女子挣扎，好控制。车靠在墙边，乘客掀帘出来，已换上夜行衣。和车夫搭手，车底掏出折叠梯，拼高了，爬上墙头。把梯子顺到墙里，背女人出来时登踏。

见同伙进去，车夫推开车。叶洪民跟上，一棍砸在他后颈，叹声：“朋友，帮个忙。”

车夫身上藏日本短刀，刀面光泽，观之心喜。广州是国外武器走私的集转地，德国枪支、日本刀剑价廉而普遍。

仰望墙头，此生没打过架。采花贼二人，不敢一块截在墙外。车夫是盯梢的，没本事。入名士家行窃，进墙的那位有用。

将车夫堵嘴捆绑，藏在暗处。换上车夫衣服，叶洪民墙下悠圈，练了练车。香山感化院里当杂工，会骑运东西的平板三轮车。

校长女儿的床，四壁一门，木屋般的厢床，如何长发搬给李方的那张。贼人开厢床，校长女儿面朝里卧着，广州炎热，腿伸在被子外。

是个好货色。

采花步骤——渗湿迷药的手帕捂晕女子后，弯折身体，绑扎装袋。袋子的背带层层叠叠，分解重量，一个人可背走，跑步、登梯不成问题。

校长女儿肩胛骨形状明显，贝壳般好看。贼人举上手帕，凑近后警醒。广州女子流行打羽毛球，白人女子般肩膀宽，得广州男子推崇。但此女肩头方正，打羽毛球打不出来，只有持重器械习武方会有。

收了手帕，贼人伏身下臂，行清朝请安之礼："敢问姑娘，何方神圣？"

女子展被子遮腿，翻过脸，是城里女保镖首领火烧云。贼人："不知您受雇这家，冒犯啦。请给条活路。"

火烧云："死路一条。押你见官。"

贼人赔笑："大户人家才请得起您，怎么接上了小户人家的单？"

火烧云："习武人拿武艺挣钱，还要为百姓除害。光知道挣钱，祖师爷会坏我命运——无儿无女，老无所依。你盼我倒霉？"

贼人："不敢。只求活命。"

火烧云仄了眼："你们祸害的女子多，天地不容。废一手一脚，我放你。"贼人再次请安："姑娘大恩，这辈子当贼，早知要遭报应。”

掏出钩刀，挑了左手左脚的筋。

墙外等贼的叶洪民，被六名女保镖用四杆六点半棍、两支德国毛瑟步枪堵住，押到宅院后门。火烧云背贼人出来，放入三轮车，其手脚已止血包扎，嘱咐叶洪民：“传句话，祸害女人，是此下场。”

为避免后患，让他摘去车夫帽，记下他脸，再放行。

叶洪民摘下帽子，对视上她。武人眼观六路，要看透面前所有人，火烧云双眼……如课堂上的许家娴。

火烧云仄了眼。江湖人对视，定尊卑，先闪开眼为臣服。面前男子，眼中无挑衅，温和有情，看得人舒服，想看下去。

她闪开眼：“你爹妈把你生得好，何苦做贼？”挥手放行。

驶过三条街，贼人喊：“朋友，饶了我吧！”早看出叶洪民是假冒的。叶洪民停车：“采花贼被谁打服了，便认谁当主子，是这规矩吧？”

贼人：“我手脚废了，打服我，也给您办不了事呀。”

叶洪民：“找出个同伙给我打。”

贼人：“打了也不会给您办事，我们有主子啦。两年前，北方下来个人，打服了我们所有人。卖女人的钱，要孝敬他。要打，您打他！”

放贼人走了，他说他会回家乡，余生里吃斋念佛，攒得功德，下辈子投生，五官都在，手足齐全。

城中采花贼共五股，一股二三人，各有作案区域。做成案子，给主子交钱，是去一家女子美发馆。那是男人不能进的地方，得找女性代劳进去。澡堂般，男女理发要分开。女理发师接男客，男理发师接女客，亦是伤风败俗。

馆内三位女理发师，说上海话。上海时尚高于广州，上海来人好做生意。美发馆用来收钱，露了相，按江湖逻辑，主子不会住那。采花贼如隐瞒钱数，三桩案交两桩钱，他会鬼影般冒出，一顿暴打。

难道每次作案，身后都有他？

不知他住哪儿，没法偷袭暗杀，采花贼们不敢造反，亦不敢从三位女理发师下手找消息，感到随处都有他的眼。

行踪不定，是操控权术。

叶洪民走入，被呵斥：“这里不接男顾客。”他闪到空位坐下，右手捏剑诀，左手搭右腕，亮在镜子里——“江湖求见”

的暗号。

呵斥他的女理发师去了急脸，镜中点头，转去内室。理发厅共三个理发椅，现有一位烫头的女客。夏日炎热，屋顶垂着扇风的厚布，一位四十岁妇女均匀地拉着。

一小时内，走了女客。扇风妇女亦下班，门口挂上“停止营业”的告示牌。一位女理发师去拉风扇，另一位掏手枪，镜中晃下，垂在腿侧。

内室走出位男人，持把梳子，坐入叶洪民旁边理发椅：“北方来的？”此人有技压群雄的气场，该是主子，怎么会在店里？

叶洪民压住兴奋，学父亲神色，老腔老调地说：“北方来的。向你借个人，取女人屋里东西。”

“四十块大洋。”

大洋值钱，四百块可买栋三层小洋楼。

“够把您这店盘下来啦，减点价？”

“行！我北方来的。你北方来的，报个熟人名号，让我服气，给你减。”

“我爹是北平叶七郎。”

“爹的名号只值四十块吗？我的哥哥。”

指弹梳齿，竖琴般好听。

竟是弟弟叶洪王："你认不出我，我能认出你。我隔几年，会去看你一眼。你荒废了爹的手艺，察觉不到我。"

看向镜中的自己。十一年过去，兄弟俩不像。原本是他像父亲，自己像没留下照片的妈。

叶洪王让二位理发师回内室，歪过头："长兄为父，禀告件事。父亲的仇，我报了。西单牌楼下开枪的警员，一个不剩。"

叶洪民站起："你犯了命案？"

叶洪王："我南下躲通缉，你为什么来？"

叶洪民："改邪归正——爹的遗言。全国小学开武术课，招聘拳师。广州离得远，好冒充。"

叶洪王："不错。遵从父命，你是孝子。"

美发厅内室，是候班换衣的地方，摆着藤椅茶桌。墙角立的大衣柜，内有暗道通向屋外，窄得需侧身，是左右房中间的隔断，本不是人走的道。

左右房，一侧是三位女理发师宿舍，一侧是厨房餐室，隔断里行走响动，传不到外面。隔断二十米，尽头是间大屋，摆着飞贼练功的器械，叶洪王睡这里。

反了江湖常识，接头地即是藏身地。兵法之道，实者虚之，虚者实之，弟弟狡诈，耍了采花贼……

不知为何，竟然激动，叶洪民道：“你对得起爹，成了厉害角色。”叶洪王眼湿，急转几下眼，转去了泪：“哥，咱家有钱了。”

墙边立着一支马克沁重机关枪。一分钟可射六百发子弹，精准射程一千米。据说以四十度角仰射，子弹抛落的杀伤范围达三千米。

是德国原版，国内仿品尚要二千六百大洋。其时，福特轿车在美国值一千大洋，运到中国卖二千七百大洋，富豪阶层方买得起。

叶洪王：“买了，不为抢劫，为钱能保值。”

想起卖到南洋的女子，叶洪民：“卖女人的钱？咱家不是干这个的！”愤然离去。此生没发过这么大的火，第一次感觉像个哥哥。

弟弟没拦着。叶洪民侧了身，人已在隔断里。回了理发厅，见门口旁，客人等候坐的长条凳上，落了张报纸，反着阳光，似张白纸。

叶洪王在擦机关枪，听叶洪民回来，未停手：“从小，我没服过你。你能不能做件让我服的事？”

叶洪民耳根红涨，递上报纸。

叶洪王接过，瞅眼新闻：“看什么？”

叶洪民：“很多事。”

叶洪王：“报纸嘛，当然有很多事。”

想着许家娴的眼，叶洪民说：“你我几十年经历，和一张三十分钟看完的报纸，没有区别。”

叶洪王：“怎么会？”

叶洪民：“会。”

十一年前，西单牌楼下躺着父亲叶七郎，身中四枪。遵从父命，十一岁的叶洪王不回头跑了，十三岁的叶洪民回了头。看他跑来，父亲呵斥：“你谁呀？不是我儿子。”瞥眼警察，斜脸死去……

叶洪民：“父亲临死，问我是谁。问蒙了我，一想多年，答不上来。我的名字，经过的事，待过的地方，说明不了我是谁。人名、地点、事件——报纸上登的也是这些。弟弟，你是谁？”

“叶洪王！”

“不。每天都有新报纸，你也可以是另一个人。”

叶洪王垂头，似被说服：“香山感化院里讲佛经，这些是你学的？”叶洪民温和地点头：“父亲遗命——改邪归正。报纸看完了可扔掉，改正不难。”第二次有了当哥哥的感觉。

叶洪王抬脸：“你是要点化我吗？你该照顾我！你在感化院好吃好喝，不想我在外面怎么过活？那年我十一岁。”

半晌，叶洪民回答：“想过。我们不是一般孩子，我们是贼人，爹在我们身上种了本事，不怕你吃不上饭，怕你祸害别人……我找过你，你不现身，我只好这么想。”

等着挨骂。

叶洪王笑了，小时候纯真的脸：“近来一个人待着，莫名其妙会流泪。常想起小时候的事，想的和小时候不一样。你的话，我刚好听懂。多谢大哥点化。”

第三次有了当哥哥的感觉。叶洪民拍上叶洪王肩膀，见他接受，又多拍了一下：“多愁善感，不吉利。查查手下人，别出卖你。”

叶洪王：“预感不好，我怕是命不长了。”

叶洪民凑近：“北平下来人查案啦？”

叶洪王诡诈一笑，变了个人。叶洪民退一步。小时候，弟弟和父亲都是让他害怕的人，搞不清他们哪句话真哪句话假。

叶洪王敛去笑容：“父亲早说过，你生错了人家，不是干飞贼的料，叫我照顾你。我发过誓，一定照顾你。”

叶洪民提高了嗓子：“父亲遗言，叫我们改邪归正……”

叶洪王：“那是单对你说的。邪道不好走，你以为你走得了？你落在感化院里，符合父亲心意。你找我，我不现身，因为我那时候小，你会拖累我。”

叶洪民退开。

叶洪王：“不是要借人吗？借给你。”

叶洪民：“不了……正道上，该有办法。”

不知怎么出来的，侧了身，又在两房隔断里。

六

自小不开朗，忍着的天性，不知要忍什么，要忍多久。父亲死时，叶洪民哭不出，似有微弱的庆幸感——或许母亲遗传，怀孕时的心情种给了他，她该多么不喜欢父亲，多么不愿意生下他。

十三岁落在感化院，他的心，熊一样冬眠。迟钝了，才能把一切忍下来。许家娴老师是一个梦，李方是第二个梦，能让他好受，不能让他醒来。

走出美发厅，二百步后，感觉街面清洁，脑子前所未有的好使，似大梦初醒。

去找铁靠山。父亲教导，走江湖，问友不如问敌。朋友出主意，可能惹祸。问清敌人意图，能保住命。

见面，陈述自己找不来采花贼代劳，请教还有何江湖规矩，可进小姐房。铁靠山笑了："请来采花贼，也没用。他是能进小姐房，但他进院子，我们就开枪。”

不开枪的约定，仅限于叶洪民。

找采花贼，是叶洪民自己琢磨的。江湖上行事，步步要得到对手认可。一方错用了约定，一方便可毁约。毁约后，变成不择手段，一方丧命，方能终局。

君子之争，最为安全。

叶洪民致歉：“我想当然了。”铁靠山：“是，你该问我。”

主人半个月后即回来，画自然挪回书房，铁靠山要叶洪民半个月后再来，老年人慈祥地笑：“你爹绝技，我还想看。”

叶洪民说他不会再翻墙。爹的遗命是要他改邪归正，原想破例做一件，换笔现实利益，现在不敢了。行礼：“请赐教，走正道，能否取到画？”

泯去慈祥，铁靠山回答，当然有办法，只要比武赢了他，他亲手从小姐屋取画。习武人最重武功，输了，付什么代价都可以。

心知是句废话，飞贼练的是攀爬，武人练的是发力，飞贼不可能打过武人。叶洪民告辞。铁靠山喊上位仆人，领其出门。

行至大门口，铁靠山追来，叫仆人退下。低语：“广州女保镖，凭一手快刀，立威武行。女人跟男人争，要取巧。飞贼技也是取巧，配上快刀，巧上加巧。或许能跟我有一争。”

叶洪民诧异：“为何助我？”

铁靠山：“之前冲你爹名声，这回冲你。”

广州男女，不可一起理发，可以一起游泳。某酒店建了室内游泳池，白人男女居多，华人男女量少，持酒店内部登记证，方可进入。

火烧云身包毛巾，坐在池边躺椅上，她的服务人在池中，是位十七岁富豪千金，三位女保镖下水护着，防白人男子靠近。

铁靠山嘱咐，镖局之间抢生意，彼此不和睦，见了火烧云，千万别提他。叶洪民混进泳场，穿连体男士泳衣，在火烧云身旁躺椅坐下，招来她一瞥，一瞥即认出。冒充采花贼车夫的一夜，被她喝令摘帽子，亮了脸。

火烧云：“大胆。”

假借整理披身毛巾，叶洪民行清朝请安之礼，说那晚是假冒车夫，为办件江湖事。自己是比棍输了老婆的人，感谢她仗义出手，教训了占他家的人。

火烧云：“江湖事，我不问。女人不该受欺负。为你能早回家，你说什么，我帮什么。”

叶洪民再行请安之礼：“学您的快刀。”

火烧云仄了眼：“真敢开牙。那是我保命的东西。”

女保镖接单后住雇主家，没活儿回镖局。女人快刀，是双短刀，名八斩刀。“八”字是古语“断开”之意，断指斩喉的刀法。第一下断敌手，第二下斩敌喉，任敌持多长兵器，皆挡不住。

镖局里有火烧云独立的练功房，练拳要沙袋，练刀要活动木桩。面对一横一竖两个刀桩，叶洪民行请安礼。

火烧云：“发个誓，此生只用一次八斩刀，事情了结，不许再用。”叶洪民跪下双膝，右手指天左手指地：“如若再用，绝我后代。”

叶洪民要向火烧云磕头，行拜师礼。火烧云抬脚顶住他肩，不让磕下：“你我不是师徒。闯了祸，别提我名字。”撤去脚，“知难行易，此刀利用人心理盲点和错误反应，一经说破，练成不难。”

上午九点开始，练到晚六点。火烧云去雇主家值夜班，叶洪民问明日他几点来。火烧云说明日不必来，一日已教完，自己练去吧。

叶洪民：“练多久？”

火烧云：“看你急不急，急用练三日，不急一辈子。八斩刀是女人拼命的东西，不灵不行。”

叶洪民：“姑娘大恩，日后报答。”

火烧云：“别提这话。要轮到你帮忙，我该落魄到什么地步？呸呸呸！”

七

华人富豪打高尔夫球，男性未敢越规矩，服装遵循西洋。增中华特色的事由女性承担，穿旗袍打高尔夫球，成为时尚。

银行安全顾问邦尼何一身旗袍，陪行长打球。转身见拎杆袋的球童右手捏剑诀、左手搭左腕，做出“江湖相见”的手势。

球场下的林边茶座，坐着叶洪王。在他身边坐下，听他说：“《千岩万壑图》，六天取不来，想不想换个人？”

邦尼何：“要什么回报？”

叶洪王：“兑现对前一个人的许诺，让他进大学教体育。”

递上拜帖，叶洪王从名士家正门进去，铁靠山等在后花园八角亭。两位用人帮他抬进只木箱，系抬杠，近三十公斤。院内路长，换了两次肩。用人退下后，叶洪王撬开木箱，德国原版马克沁重机关枪。

叶洪王：“送您的见面礼。今儿晚上，我来取画。你我双方不开枪，都用祖师爷传的真本事，来一场飞贼对保镖？”

铁靠山端详拜帖：“北平叶七郎几个儿子？之前来过一个，跟你比，像是假的。”

叶洪王：“真的。他给爹丢脸了。晚上，您看我的。”

铁靠山显出神采：“我不在小姐楼下设人，你能到楼下，画我给你取出来。”

叶洪王走后，铁靠山去见夫人，禀告夜里会有响动，天亮就好。夫人：“来贼啦？”问老爷要是在家，怎么处理。

铁靠山：“事发不介入，事后不询问。”

夫人保证女眷们夜里闭门闭窗，让他全权处理。出了夫人房，铁靠山想念起年轻时用过的三尖两刃刀、狼筅、镋耙。

三尖两刃刀，长柄兵器，刀尖分叉，挂上敌人衣服后搅动，可将敌拉倒；狼筅是大片竹枝，顶端削尖，如带刺的盾牌；镋耙，长柄兵器，顶端是牛角形弯铁，装八根刺，敌人兵器打上便会被别住。

狼筅围堵，镋耙卸兵器，三尖两刃刀拉衣拽倒……很久不用了，手头的三件是当纪念品存的。报叶七郎名号的两人，前一个，日常练功用的剑棍刀枪便可应付，后一个，是对手……

铁靠山摘下腰间两个信物牌，吩咐候在走廊里的两位镖师，向荔湾区何镖头、天河区胡镖头借兵器。

杀人容易，捕人难。院子太大，二十人堵不住。此人是叶七郎儿子，五十人怕不够……铁靠山喊住两镖师，吩咐兵器之外，还要借人。

“借多少？”

又不让他俩借了。

接这单，讲好带手下二十六人。白日八人、夜里十八人，两班倒。年轻的时候，再大的院子，帮手不过二十人。

二十六人，已很多了。

铁靠山瞄向太阳，让光刺了刺眼。

八

习练八斩刀，便会想起她。揣摩出刀角度，要分析她送出腰的动态。整日要想……

从没这么想过女人。和李方的第一晚，似弄丢了自己。合在她身上，周围起了雾。视觉、听觉构成的世界，退潮般瓦解。那个飞贼儿子、感化院优秀生、锅炉工的叶洪民显得虚假，如太阳晒干的一滴水，彻底消失。

“后念离境即菩提”，她让他离开了。

“前念着境即烦恼”，火烧云让他回来。想她的身体，想起自己也强壮。强壮的男女该有个后代，甚至能想出那孩子的脸，不管是男孩女孩，都有一双我的眼……

叶洪民奔去游泳场。

没有火烧云。富家小姐不会每日游泳，是看她待过的躺椅。这条椅上，她的身体映现，真人一样横在眼前。

她的肌肉线条，藏着习武的秘密，是他十七岁想了解的事，不是远观可以获得的。十七岁躲在公园树丛，偷看三十米外的练武者，凑齐一套八卦掌。知道自己练不对，支使哪块肌肉均不知。

她的身体含着他不知的另一个世界，未见过的山河大地。

尽情想她。

她没了。

躺椅上呈现出李方。

对男子而言，世上仅一个女子，不同女人皆是她所映现。火烧云引发他生育的欲望，这是很久前他对李方的，被深深掩埋。她猝不及防地来了。成为一个丈夫，只觉得自己低微，负担不起一个孩子……

没见过面的母亲、忘了自己的许老师，也是李方。她俩是绵长线索，引来了她。

李方，并不有别于我，她是我想来的，此生最好的想象。

叶洪民回去练刀了。这场江湖事，本是内心招来的。低微之我，渴望让自己的女人看到自己很重要。银行行长、著名镖头，是找来演戏给她看的。

铁靠山既是我想出来的，那就再想成打败他吧。

之后，生个孩子。

每日晚饭，为补充营养，都吃广州“一品煲”——街边大排档淘来高级酒楼的各种剩菜，混在一起热。只有穷苦人吃这个，穷苦人怕没气力，不怕不卫生。

听排档里聊天，昨夜广州第一镖头铁靠山又出大彩，今日多家报纸登载，轰动全城。新捉的匪人不是凡品，是北方大飞贼叶七郎的儿子。

此子厉害，超过乃父，能上房抓猫，飞刀落鸟。擅使一对英国造蓝钢手枪，不需瞄准，随手可射二百米外的苹果。左右手开枪，苹果上只一个枪眼，后一颗子弹能追上前一颗子弹，不差分毫。

此人狂傲，放弃手枪专长，要跟铁靠山比老手艺，按百年前的玩法，来一场飞贼对保镖。可惜自不量力，终还是折在了铁靠山手里……

叶洪王被关在监狱，定为死刑犯。亲属不能探视，枪决时，刑场上远距离看一眼。铁靠山致歉：“谁想他在北方有命案，要就地正法。我不想这样。”

叶洪民：“您没让他被当场击毙，让我们兄弟还能见上一面，已很感谢。”

那晚情景，铁靠山交代，叶洪王入了院子，即被发现，但他不撤走，时而上房时而落地，与镖师们周旋。镖师捉不住他，他也近不了小姐楼。院子里闹开了花，女眷们纷纷开窗看。

热闹久了，夫人给警局打了电话。警察是带枪来的，叶洪王没逃路，挥刀不就范。为免警察开枪，铁靠山亲自上阵，用六点半棍敲裂叶洪王一脚足弓，让警察捉了他。

叶洪王在北平杀了四位警员，其中两位刚升任警局分局局长。警匪默契，追捕冲突，难免误伤。但在平日生活，匪不能暗杀警员，那样会引起百姓恐慌，将警方逼到绝境。不报复，社会秩序被颠覆，必调动全部警力追捕，不死不休。

犯了江湖大忌，叶洪王在法院收监所扣一日，法庭次日即判刑。挪去监狱扣一日，次日枪决。

叶洪民拿出香山感化院的毕业证，表明兄弟关系，得以入刑场观望。铁靠山也来了，是陪小姐。作为涉案人士，亦得到允许。

贼不说赃，镖不说贼——录口供时，铁靠山和叶洪王默契，都不提古画事。叶洪王说是看上了小姐，漂亮得他寝食难安，死也要得手。

名士一家在上海住过六年，小姐在白俄移民区买过个军用望远镜。那晚女眷们开窗看热闹，找了出来，看他已够仔细。听说为自己不惜死，非要再看看。

刑场，高墙围着，是片沙地。观望的人被三米高铁栏杆隔开。叶洪王被押出，坐轮椅，上臂封在精神病人的约束衣里，颈后插一尺三寸高的令牌。

令牌，遵天命、遵王命、遵军令。有心理作用，死刑犯被插上令牌，会感自卑，老实了。确实有效，从清朝延到民国。

叶洪民顺栏杆追看。小姐亦追看，急得如弟媳般。铁靠山未动，原地叹了口气。

叶洪王被推远，转成背影，戴上眼罩口罩。口罩绝叫喊，眼罩绝眼神，以免行刑枪手有心理负担。

小姐紧挨叶洪民，脖颈儿渐红，骤然失控，“啊”地叫出一声。如受小学体育课上的短跑指令，叶洪民蹿出……踏上刑场沙地，惊了心，回望栏杆，铁条间距不足一掌，过不了人头。

刑警十余人扑来。叶洪民起伏闪晃，假动作引诱刑警互撞跌倒，露出通向弟弟的道。名士家里，在镖师围堵中穿梭，即是这样吧？弟弟做的，他一样做到……

叶洪民停步，向刑警们作揖：“诸位差官，无意冒犯，只想听我兄弟最后对我说句话。”

刑警们没再围上来，领头警官喊话：“十几人拦不住，敬你是个有本事的人。但开了方便，得对得起我们，别耍诈！”

摘掉口罩眼罩，叶洪王是笑脸，道："劳诸位退半圈，我交代家事。"领头警官："看过报纸，你爹一代人杰，别自损家名，辜负他人好心。"

叶洪王褪去笑，作狠点了下头。

刑警们退三步，叶洪民近前。

叶洪王："像小时候，来！抱我一下，我的哥哥。"抱上，为附耳说话。

抱上，叶洪民落泪。

听他说："这些人困不住我。你听到枪声一响，就往外跑，到墙底下接着我。我脚伤了，你可得把我接住了。"

叶洪民退出脸："真的？"

叶洪王："别说了，你藏不住事，让人看出来。"

叶洪王被戴上口罩眼罩，叶洪民被押回栏杆处，钻过来的栏杆，钻不回去。叶洪民赔笑，表白没耍诈，刚才不知怎么过来的。

押他的刑警说："知道您心里难过，在这待着吧。对不住。"拿出手铐，一头铐叶洪民右手，另一头铐在栏杆上。

叶洪王从轮椅给挪到板凳上，两个披麻布罩的刑警弯腰执刑，一人扶他后背，一人持手枪抵上他后脑。

枪口离开，后移几寸。开火需要距离。

枪响时，叶洪民蹿起，翻过栏杆，奔向大门。手铐自栏杆顶滑落，铐叶洪民手的一头已打开。获了押他的刑警一声赞。

刑场高墙外，跑着叶洪民。墙头阳光璀璨，不见叶洪王落下。

九

入夜，叶洪民还在墙外，不再走动，遥对墙头，双手合十。感恩弟弟好心，骗了他。

人活一世，唯我独尊，他人为假象。看见的都是想看见的，遇到的都是想遇到的。想做件大事，把弟弟想死了……

弟弟名字是娘起的，母亲留下的唯一念想。怀弟弟时娘生病，听说持诵地藏菩萨名号可保胎——北平人加上个“王”字，念“地藏王菩萨”，一日万遍。叶洪王的“王”字，是地藏菩萨。

墙头空旷，弟弟是菩萨显现……

来了火烧云，问：“您干吗呢？官差说了，你弟弟尸身，今天不领，明天可得领了呀。”她骑辆自行车，是要带走他。

上车，脸近着她，想说话：“明天怎么办？我见不了我兄弟尸身。不见，能当他逃了，还活在世上。”

火烧云："明天，我去领。先跟我吃饭去。"

叶洪民"嗯"一声，似是哭腔。火烧云："千万别，我容不得男人掉泪。"叶洪民又"嗯"一声，硬了口气。

骑了会儿车，叶洪民的手摸上她腰，火烧云忍了。

叶洪民："我爹讲过，镖师行当里有句话——养贼造大。把小贼养成大贼，再擒拿，是镖师成名之法。铁靠山捉过六七位悍匪大盗，要个个都有真本事，那他太费劲了。"

火烧云未应话。摸上腰的手摸走了腰间手枪。叶洪民："他原本想养大的贼是我吧？"

火烧云："嗯，你爹名声大。你弟弟冒出来，是镖行祖师爷赏饭，意外大礼。"

叶洪民："我不成器，所以要教我八斩刀？铁靠山是你什么人？"

火烧云停车："一伙人。"

干镖师的，彼此不和，是演给匪帮看的，所有镖师皆暗中联盟。

叶洪民："我弟弟闯宅，叫警察的电话，不是名士夫人打的，是你们打的？"

火烧云："何必问？"

叶洪民下车，递还手枪："我都练刀了，还能比武吗？"

火烧云："飞贼技是练什么成什么，练攀墙能攀墙，练爬绳能爬绳。武术是练什么不成什么，真动手，脑子就不够用了，各种反应不过来。三日练成，是骗你的，铁镖头没有风险。"

叶洪民："懂了。"

径自前行。

火烧云蹬车追上："你兄弟一条命，全了铁镖头一世之名。大伙满意，给你个回报——《千岩万壑图》我们已找高手伪造，真品送回银行，赝品留给名士。你可以回家了。"

十

锤子敲碎石膏，何长发好人般站起，惊了李方："腿好了？"

何长发："一直是好的，没断过。故意上石膏，为同居一室，让您心安。我该离开了。"

门外停了轿车，引来看热闹的邻居，李方微感失落。相处七日，他帮手，糊了六筐火柴盒。察觉她神情，何长发停在门前："离了你男人，跟我吧？"

李方摇头，泛起笑容。职业使然，小学老师看调皮学生的神情。

何长发道声"惭愧"，抬袖遮脸，京剧戏子般出门。

邦尼何守信，安排叶洪民进省立广东文理学院，当了体育教师。上班一个月后，邦尼何找来。何长发不辞而别，去了香港，留下封信，推荐叶洪民替代他，做银行的安全顾问。

邦尼何："以后就是咱俩搭档了。"

就职，与行长见一面，要叶洪民携夫人来。行长像苏联人，长时间握手不放，称赞叶洪民：“入型入格。”转向李方作揖，“弟妹，受委屈啦。后面全是好日子。”

李方欠身还礼，两名秘书推开门，引进名士。行长大惊，忙迎上，名士：“《千岩万壑图》在我家弄丢了，你报个数，多少我都赔。”

镖师们找的伪造师傅，没奢望手艺瞒过名士的眼，留赝品，是让其认哑巴亏。

名士却说丢了。不知其用心，行长敷衍：“您别介意。刚查明是假画，不值钱！正在追究抵押的人。”

名士：“那我放心了，听说贵行新收了草书《古诗四帖》，请一观。”

《古诗四帖》从库房取出，展在架子上，五色纸册页，传说是一千二百年前唐朝草圣张旭所书。行长赔笑：“请人鉴定过，纸张墨色都不对，也是假的。”

名士：“您轻率了。真的假的，容我带回家细看。”

行长：“装上！”

眼瞟叶洪民，事将重演。

叶洪民回眼色，暗示行长宽心，由他取回。

眼前一切，是文理学院的操场上一个月里盼来的，让事情重演，为弟弟讨回公道。这次会不同，不会武功，亦没关系。想，就能办成。

人间，一切公平。人人自作自受，要风得风要雨得雨，恶念善念皆得满足。所遇之人，是心造作，变出一个个人来，以看清心底每一角落。

无一人不是我，我之外无一人。

（全书完）

徐皓峰

本名徐浩峰。1973年生。高中毕业于中央美术学院附中油画专业，大学毕业于北京电影学院导演系。现为北京电影学院导演系教师。

导演，作家，道教研究学者，民间武术整理者。

文学作品：

长篇小说：《国术馆》《道士下山》《大日坛城》《武士会》《大地双心》

短篇小说集：《刀背藏身》《处男葛不垒》

武林实录集：《逝去的武林》《大成若缺》《武人琴音》

电影随笔集：《刀与星辰》《坐看重围》

电影作品：

《倭寇的踪迹》（导演、编剧）

《箭士柳白猿》（导演、编剧）

《一代宗师》（编剧）

《师父》（导演、编剧）

《刀背藏身》（导演、编剧）

《诗眼倦天涯》（导演、编剧）

白色游泳衣

产品经理｜来佳音　助理编辑｜扈梦秋　营销编辑｜鲁　畅　监　制｜于　桐
封面设计｜张一一　技术编辑｜陈　杰　责任印制｜刘世乐　策 划 人｜路金波

图书在版编目（CIP）数据

白色游泳衣 / 徐皓峰著 . -- 南京 : 江苏凤凰文艺出版社 , 2020.10
ISBN 978-7-5594-5124-8

Ⅰ . ①白… Ⅱ . ①徐… Ⅲ . ①中篇小说－小说集－中国－现代 Ⅳ . ① I247.5

中国版本图书馆 CIP 数据核字（2020）第 164817 号

白色游泳衣

徐皓峰 / 著

出 版 人	张在健
责任编辑	王 青
特约编辑	来佳音
装帧设计	张一一
出版发行	江苏凤凰文艺出版社
	南京市中央路 165 号，邮编：210009
网　　址	http://www.jswenyi.com
印　　刷	北京市十月印刷有限公司
开　　本	880 毫米 × 1230 毫米　1/32
印　　张	5.5
字　　数	92 千字
版　　次	2020 年 10 月第 1 版
印　　次	2020 年 10 月第 1 次印刷
印　　数	1—14,000
书　　号	ISBN 978-7-5594-5124-8
定　　价	39.80 元